RYU NOVELS

天空の覇戦

震電戦闘機隊、出撃！

和泉祐司

この作品はフィクションであり、
実在の人物・国家・団体とは一切関係ありません。

天空の覇戦◎目次

第1章　圧勝！…………5
第2章　門出…………37
第3章　技術者操縦士…………82
第4章　ターボジェット戦闘機…………118
第5章　海軍第三一二航空隊…………155
第6章　迎撃態勢…………197

第1章　圧勝！

1

昭和二〇年二月五日。

茨城県百里ヶ原基地に司令部を置く海軍第三一二航空隊司令柴田武雄大佐は、搭乗員を前にして怒りに震えながら檄《げき》を飛ばした。

「これまでB29による空襲は、航空基地や工場地帯に限られていた。ところが、昨日は神戸の市街地がB29一一〇機による空襲を受け、大勢の市民が犠牲になった。

米軍は、いよいよ市民を狙った無差別爆撃に踏み切ったのである。一般市民への無差別爆撃は国際法違反。米軍はこれまでも、幾度となく国際法を破ってきた。苦々しい限りである」

全員が緊張した表情で柴田大佐の話を聞く。誰も何も言わないが、皆の表情には怒りが満ちていた。

宗川四朗大尉は、昨夜のラジオ放送でB29による神戸市街地への無差別爆撃を知った。宗川も大きな怒りを感じながら放送を聞いた一人だった。米軍は無辜《むこ》の市民を虐殺する米軍の非道を許すつもりか。宗川には、そんな国民の声が聞こえるような気がした。

柴田大佐は右手で拳《こぶし》を作り、その拳を振りあげ、声を震わせながら話す。

「これ以上、B29の傍若無人な振る舞いを許すわけにはいかない。おそらく、みんなも同じ気持ちであろう。

これまで三一二空は震電による搭乗員錬成に励んできた。いまだ錬成途中であるが、三一二空は東部軍防空総司令部に対し、震電による迎撃訓練を終了して、いつでも出撃可能であると報告した」

柴田大佐が一段と声を張りあげる。

「三一二空は本日ただ今より、全力で敵B29迎撃に出撃する。東部軍防空総司令部から出撃命令が発令されたら、ただちに敵B29を迎撃し、これを撃退して本土を守る。よいか」

「おー!」

全員が大声で柴田大佐の呼びかけに答えた。


開戦前、陸軍は米国がB17爆撃機の二倍、全備重量四〇トンの超大型爆撃機B29とB36を設計中との情報を入手していた。しかしながら、開戦によりB29に関する新しい情報を入手できぬまま年月が過ぎた。


昭和一八年二月にシアトル近郊で、ボーイング社の新型爆撃機が試験飛行中に墜落した。アメリカの新聞はこの事故を大々的に報道し、全世界にB29の存在を知らしめた。

日本陸軍もこれにより、三面図とともにB29のほぼ正確な性能を知ることができた。

B29はスーパー・フォートレスと呼ばれ、その全貌は中翼単葉三車輪式、二五〇〇馬力発動機四発、全備重量四〇トン、実用上昇限度一万二五〇〇メートル、最大時速六〇〇キロ、巡航時速四五〇キロ、航続距離は爆弾四トン搭載で五五〇〇キロである。

B29は、マリアナ諸島から日本本土の主要都市を爆撃可能という性能を誇る。

危機感を抱いた陸軍は陸軍省、参謀本部、兵器行政本部、技術研究所、航空審査部、防空総司令部の主要課長をメンバーとする対策委員会を立ち上げた。検討事項はB29の情報収集、防空戦闘機、電波兵器、高射砲などである。

防空戦闘機はプロペラ機、ロケット機、ジェット機を問わず、高度一万一〇〇〇メートルで時速七三〇キロ以上の性能を実現する。電波兵器関連は防空組織全体の見直し、対空索敵電波警戒機の性能向上と信頼性向上、通信連絡手段の近代化である。

昭和一八年秋、陸軍の多摩技術研究所第三科長佐竹金次大佐がウルツブルグレーダーの資料を持ち、テレフンケン社のフォダス技師と帰国した。これを機に電波兵器、防空組織全体の見直しと近代化が一気に進んだ。

昭和一九年末までに、対空索敵電波警戒機は波長一・四メートルの電波を使う警戒機乙改に置き換えられた。

警戒機乙改の航空機探知距離は三〇〇キロのままだが、測距精度が七〇〇〇メートルから一五メートル、測角精度が五メートルから一メートルへと飛躍的に向上し、真空管の改良によって信頼性も増した。

さらに、航空機の高度測定専用の警戒機タチも設置された。タチは垂直面での測角精度一度、測高可能距離約一〇〇キロの性能を持つ。

防空組織として最大の近代化は、情報地図盤の設置と通信手段の多様化であろう。情報地図盤は敵機と味方機の位置を赤・青・黄のランプで表示する装置で、ひと目で戦場の状況を把握できる。

防空監視哨が捉えた敵味方の情報は、これまでの電信に加えて有線・無線電話で防空総司令部へ集められる。その航空情報をもとに高等女学校の挺身隊員がスイッチを操作し、作戦室に設置された情報地図盤上に赤・青・黄のランプで表示する仕組みになっている。

防空総司令部航空情報班は、情報地図盤のランプで示された情報を見ながら発令器を操作し、陸海軍の各航空部隊へ的確な指示命令を発する。

三一二空は、東部軍防空総司令部から発せられた出撃命令をそのまま拡声器で隊内へ放送する。三一二空には出撃命令の発令と同時に、全隊員が行動に移る態勢が出来上がっていた。

翌二月六日、B29は日本本土上空に現れなかった。B29が現れないまま、七日、八日、九日と過ぎて行った。そして一〇日を迎えた。

早朝、関東地方は雪がちらつく天候だったが、昼頃から快晴に変わってきた。午前の空戦訓練を終えて昼食をすませ、搭乗員待機室は午後の訓練を前に雑談で溢れていた。

「隊長、神戸空襲から六日が過ぎた。今日こそ、ビー公が現れるんじゃないですか。現れるとしたら一〇〇機以上の大軍だ。多勢に無勢であろうとも、俺たちは震電を駆使して徹底的にやっつけてやる」

本江博大尉が宗川に話しかけた。

本江大尉は元六〇一空の搭乗員で、昨年六月のマリアナ沖海戦を彗星艦爆に乗って米機動部隊と戦った。運よく生き延びたが、平原正夫大尉、田中賢伸大尉、島田雅美大尉など大勢の仲間が戦死した。

宗川は、震電ジェット戦闘機の性能を誰よりも熟知している。全搭乗員を鼓舞するように言った。

「米軍は準備に六日も費やした。B29は神戸空襲の一一〇機より多い数で来襲するのは間違いない。

震電の性能は、これまでの戦闘機と比べてけた違いだ。震電一機は零戦一〇機以上の力がある。震電は一機で一〇機のB29を撃墜できるのだ。B29が本土へ来襲したら、一機残らず撃ち落としてやるぞ」

宗川の発言に六五二空出身の村上武大尉が答えた。

「震電ならやれる。やってやろうではないか」

村上大尉は、零戦に二五〇キロ爆弾を搭載した爆戦でマリアナ沖海戦を戦った。爆戦部隊の出撃機は、大半がグラマン戦闘機に撃墜されてしまった。村上が生きて戻れたのは奇跡に近い。

海軍随一の空戦技量を持つ熟練搭乗員の岩本徹三少尉は笑みを浮かべ、人の話を静かに聞いていた。

岩本少尉は、公認で米英軍機を八〇機以上撃墜し、フィリピンで戦死した西澤広義中尉に次ぐ撃墜記録を持つ。非公式には、米英軍機一二〇機以上の撃墜保持者とも言われている。

その岩本少尉は宗川の僚機を務める。

勇ましい話が続き、笑い声も起きた。


午後一時一〇分、拡声器から東部軍防空総司令部による出撃命令が流れた。

『父島監視哨、一〇〇機以上の北上するB29の大編隊を捉えた。B29は伊豆諸島沿いに北上中。鷲《わし》部隊、ただちにB29迎撃に出撃せよ』

拡声器からは三一二空司令柴田大佐の怒鳴り声が続いた。

『五〇一飛行隊、ただちに出撃！』

震電戦闘機隊の正式名称は戦闘第五〇一飛行隊である。

「かかれ！」

宗川は大声で号令をかけた。搭乗員は落下傘バンドをつけ、待機室を出て一斉に震電へと走る。

指揮所わきのポールにZ旗が掲げられ、サイレンや半鐘《はんしょう》がけたたましく響いている。ターボジェット発動機の轟音も飛行場一杯に鳴り響く。

宗川が愛機に近づくと、松岡正勝中尉が轟音に負けまいと大声で怒鳴った。

「宗川大尉、発進準備完了！」

「おーっ、火虹《かこう》弾も装着してあるな」

「火虹弾は左右の主翼下に六発ずつ装着してあります」

震電が装備する火虹弾は、海軍陸戦隊が装備する対戦車八センチ・ロッ弾をもとに新たに開発された空対空八センチ噴進弾だ。

直径八センチ、長さ三五センチ、重さ六キロ、最大飛翔距離一五〇〇メートルで、弾頭に五三〇グラムの炸薬が詰まっている。信管は着発式だ。

「よし、これならB29など一撃で撃退できる。行ってくる」

「ご武運を」

震電一機に五人の地上整備員が張りついている。整備員は、すでにネ三三〇ターボジェット発動機を始動させて搭乗員を待っていた。


宗川機に張りついていたのは、第七期整備予備学生出身の松岡中尉が指揮する整備兵である。

第七期整備予備学生は、飛行科予備学生第一三期と同期だ。松岡中尉は眼鏡をかけており、飛行科を諦めて整備科への道を選んだという。松岡の整備は完璧で信頼できる。

宗川は計器を見渡した。すべて正常値を示している。

操縦席から地上員へ合図を送る。車輪止めが外され、震電がゆっくり動き出した。

宗川はスロットル半開で滑走路へ向かう。その後ろに岩本少尉機が続く。

風速一〇メートルの北風が吹いている。滑走路の南端に宗川機と岩本機が並んだ。宗川が右手を上げ、拳を前方へ突き出した。

百里ヶ原飛行場はコンクリート舗装され、ラバウルのような土煙はたたない。

スロットルを全開にすると、背中が強く座席に押し付けられるように加速する。震電は途中から加速力を増し、滑走路を蹴るように離陸して上昇する。

宗川は周囲を見渡し、状況を確認する。第一小隊に異常はない。

「各小隊、状況を知らせよ」

第二小隊長本江大尉より報告が入る。

「第二小隊、異常なし」

「第二中隊第一小隊、異常なし」

村上大尉からである。

第二中隊第二小隊長の内藤中尉からも異常なしの報告があった。出撃一六機に落後機はない。

右旋回で鹿島灘に出た。高度六〇〇〇メートルに達し、訓練通り第一小隊を先頭に右後方に第二小隊、少し離れた左後方に第二中隊がついて編隊を組む。

第一中隊は第一小隊一番機宗川四朗大尉、二番機岩本徹三少尉、三番機杉坂善男中尉、四番機耕谷信男少尉。第二小隊一番機本江博大尉、二番機千葉正史飛曹長、三番機小久保節弥少尉、四番機池田市次飛曹長である。

第二中隊は第一小隊一番機村上武大尉、二番機和田美豊少尉、三番機山下勝久少尉、四番機大浦民平飛曹長。第二小隊一番機内藤良雄中尉、二番機松葉三美上飛曹、三番機福田健治少尉、四番機上田峯男飛曹長だ。

震電戦闘機の搭乗員は村上大尉、耕谷少尉、和田少尉、大浦飛曹長、千葉飛曹長など、半数近くがマリアナ沖海戦まで艦爆の搭乗員だった。

プロペラ機に比べて震電ジェット戦闘機は、速度がけた違いに速い。空戦は速度を活かした一撃離脱戦法が中心となる。

巴《ともえ》戦中心の戦闘機搭乗員より、急降下で敵艦を狙う艦爆出身搭乗員のほうが、震電戦闘機の搭乗員には相応しいと見られている。

「鷲一《わしいち》、こちら松《まつ》。鷲の位置を確認した。房総半島沖合を飛行している。鴨《かも》を待ち伏せする八丈島上空へ向かえ」

航空情報班は、自らを松、震電戦闘機隊を鷲、Ｂ29を鴨の暗号名で呼ぶ。ちなみに厚木の雷電戦闘機隊の暗号名は鷹《たか》である。

「鷲一、了解！」

宗川は航空情報班から指令が届くと、訓練通りに返事をした。

高度一万メートル、震電は発動機の出力を抑えて時速四六〇キロの巡航速度で飛行する。

「離陸から一時間になろうとしている。現在地は八丈島の東方海上のはずだ」

宗川は周囲を見渡し、眼下を見る。

高度六〇〇〇付近から下は雲で一面が覆われ、海面は見えない。雲がなければ右前方下に八丈島が見えるはずだ。

右後方を振り返る。本土上空は晴れており、富士山の姿がはっきり見える。

「富士山上空から右へ向かえば東京、左へ向かえば名古屋上空だ。だからＢ29は富士山を目指して飛んでくる。富士山はＢ29にとって絶好の目印になっているのだ。

Ｂ29の巡航速度は時速三七〇キロだから、そろそろ発見してもいい頃だな」

一分後、航空情報班から新しい情報が入った。

「鷲一、鴨は伊豆諸島の西海上を富士山目指し北上中。まもなく視界に入る。注意せよ」

宗川は気を引き締め、Ｂ29の発見に神経を集中する。

2

「右前方、やや下方に何か見える。B29の編隊のようだ」

隊内無線電話の受話器から岩本少尉の緊張した声が聞こえた。隊内無線電話は暗号名を使わず、通常の言葉で話す。

岩本少尉なら間違いはない。宗川大尉は目を凝《こ》らし、岩本が指摘する前方のやや下方を見た。

四〇キロほど先に、白い雲を背景に三つの塊となった芥子《けし》粒のような黒点が見えた。

黒い点の一つの塊は、三〇個から四〇個ほどか。富士山頂を目指して北上しているようだ。

宗川が隊内電話で返事をする。

「二番機、B29の編隊を確認した」

B29の編隊は、高度七〇〇〇メートル付近を時速三七〇キロの巡航速度で北上している。震電戦闘機隊は時速四六〇キロで南下しており、両者は急速に接近していく。

宗川はこれまでの訓練を活かせるよう、B29の後方から攻撃する作戦を立てた。

「全機に告ぐ。このまま飛行を続け、一旦、B29の編隊をやり過ごす」

やがて震電戦闘機隊は、B29の編隊と伊豆諸島を挟んですれ違った。宗川が命じる。

「高度一万を維持し、右旋回で反転してB29編隊の後方から追跡する」

大きな右旋回を終えた。

宗川の計算通りだった。前方四〇キロ下方三〇〇〇メートルに、三つの塊になった一〇〇機以上のB29編隊を捉えた。

太陽は左真上で輝いている。B29の編隊は太陽光を反射し、白い雲の上に浮かびあがって見える。

宗川は落ち着いてB29の編隊を観察する。

「B29は一〇キロほどの間隔を置き、三つの梯団《ていだん》を作っている」

今度は詳細情報を航空情報班へ報告する。

「松、こちら鷲一。八丈島上空、およそ一二〇羽の鴨が三つに分かれ、伊豆諸島の西海上を北上中。雀《すずめ》はいない」

雀とはB29を護衛する米軍戦闘機のことだ。即座に航空情報班から返事が入る。

「こちら松、了解した。幸運を祈る」

気象状況に恵まれているためか、航空情報班の無線電話がはっきり聞こえる。

ここからは三一二空独自の判断でB29に戦いを挑む。迎撃の成否は宗川の判断にかかっている。

さらに詳しくB29の編隊を観察する。

「B29は上昇している。八丈島付近まで巡航速度に適した高度を飛び、そこから高度を上げ、日本軍戦闘機の迎撃を避ける高度で本土へ侵入するつもりだ」

宗川は、米軍の作戦は理にかなっていると思った。

B29は震電戦闘機隊を無視するかのように上昇に移った。高度八〇〇〇付近で水平飛行に移ると、針路を少し右へ変えた。

「B29は東京方面へ向かうつもりか」

関東地方は快晴で、目視で標的を狙える状況にある。

「このまま東京へ行かせてなるものか」

宗川に攻撃精神が芽生えてきた。宗川は逸《はや》る気持ちを落ち着かせ、四キロ先を飛行する最後尾の梯団を観察する。

「B29は思った以上に機体間隔を広くとっている。三機で三角形の小隊編成、九機でさらに大きな雁《がん》行陣《こうじん》を作る典型的な中隊編成だ。梯団は四個中隊の三六機編成になっている」

梯団の編成は、第一中隊の斜め後方二〇〇メートルに第二、第三中隊、第一中隊の後方五〇〇メートルに第四中隊が続く菱形である。

宗川は攻撃方法を命令した。

「攻撃を目の前、最後尾の梯団に集中する。先頭の九機を第一標的、その右後方の九機を第二標的、左後方の九機を第三標的、最後尾の九機を第四標的とする。

第二中隊は、まず第四標的を片づけよ。第四標的がすんだら、次は第三標的を攻撃せよ。第一中隊は、初めに第二標的、次に第一標的を攻撃する。各機、火虹弾で第一撃を加えて必ず撃墜せよ」

B29を後方上空から火虹弾で攻撃する戦法は銀河を仮想敵機に見立て、特に力を入れて訓練してきた。今では搭乗員の誰もが火虹弾攻撃の熟練者だ。宗川は訓練通りに攻撃すれば、B29を撃破できると確信している。

第二中隊は、村上大尉機を先頭に機体を左へ滑らせ、攻撃位置へと第一中隊から離れて行った。

宗川は第二標的の右横一五〇メートルから、下方二〇〇〇メートルを飛行するB29の編隊を見た。

「第二、第三小隊は先頭の第一小隊より高度が五〇メートルほど低い。この陣形は、上空正面から攻撃する戦闘機に中隊九機で集中砲火を浴びせる陣形だ。震電の攻撃方法なら、集中砲火を浴びる愚は避けられる」

宗川は第二小隊に攻撃目標を明示した。

「第二小隊、第二標的左後方のB29小隊を攻撃せよ」

「了解、左後方の小隊を攻撃する」

第二小隊長の本江大尉からの返事は落ち着いていた。第二小隊が攻撃位置へと離れて行く。

第一小隊の攻撃目標は、第二標的の右後方を飛行する小隊三機である。

「第一撃でB29の小隊三機を葬り去り、震電の力を見せつけてやるのだ。そうすれば、逃げ出すB29が現れるかもしれない」

隊長機は必ず仕留めなければならない。岩本少尉の技量なら、確実に小隊長機を仕留められる。

宗川は各機へ攻撃目標を伝えた。

「一番機、後方右のB29を攻撃する。二番機、先頭の小隊長機を攻撃せよ。絶対に仕留めるのだ」

「二番機、了解。必ず仕留めます！」

「三番機、後方左のB29を攻撃せよ。四番機、後方上空で援護にまわれ」

「三番機、了解！」

「四番機、了解！」

三番機の杉坂中尉、四番機の耕谷少尉から返事があった。

四番機の耕谷少尉は技量A級の搭乗員である。第一小隊の後方を援護すると同時に、三番機がB29を撃ち漏らしたら、これを攻撃する。なんとしても第一撃で三機を葬り去る作戦だ。

B29の編隊は回避行動を取らず、巡航速度で東京方面へ向かっている。

「よし。高度差二〇〇〇、絶好の位置に捉えた。攻撃開始！」

宗川は操縦席から左真横一五〇メートル、下方二〇〇〇メートルのB29三機編隊を見る。

軽く左フットバーを踏み、操縦桿を押した。震電は機首をB29の操縦席に合わせ、機体を滑らせながら急降下に移った。

たちまち時速八五〇キロを超えた。B29の機体が急速に近づいてくる。

B29の編隊は互いを援護するように、数十本の機銃弾の赤い線を撃ち上げてきた。

宗川は必死に赤い線を見つめ、恐怖に耐える。

震電の速度があまりにも速いためか、赤い線は照準が定まらず、あらぬ方向へ流れて行く。命中弾は皆無だ。

Ｂ29の操縦席が照準器からはみ出すほど大きくなった。宗川は自ら声を出し、火虹弾発射のタイミングを測る。

失敗は許されない。攻撃時間は一瞬だ。

「このままだ。よし、テーッ！」

操縦桿の上についている火虹弾発射の赤いボタンを押した。その瞬時、左右主翼下から〇・二秒の間隔を置いて二発ずつ、合わせて四発の火虹弾が飛び出した。

火虹弾の推薬は一秒ほど燃焼し、静止状態から秒速一九〇メートルまで加速させる。

火虹弾は回転しながら飛翔するため、三〇ミリ機関砲の砲弾とほぼ同じ弾道を描きながら、Ｂ29の操縦席に向かって飛翔する。


宗川は火虹弾発射と同時に操縦桿を右へ倒し、右フットバーを蹴った。機体は急降下のまま、Ｂ29編隊の右下後方へと急速に離れる。

続いて、岩本機が中央の小隊長機に、杉坂機が左のＢ29に向けて火虹弾を発射し、同じように退避した。耕谷機に攻撃の機会は訪れなかった。

宗川は下降の途中で、Ｂ29が爆発して砕け散るのを見た。一機は操縦席が破壊され、薄い煙を吐きながら回転して落ちて行く。

「あれは小隊長機だ。さすがは岩本少尉だ」

三機目のＢ29を見る。右主翼に火虹弾が命中したのだろうか、右主翼が中央付近でちぎれていた。第一小隊は、震電での初陣とは思えない確かな攻撃を見せた。

宗川は上昇に移り、再びＢ29編隊の後方上空に出て戦場全体を見渡した。空中には火の玉が漂っている。火の玉は一二個あった。

「第一撃で一二機を撃墜し、梯団の戦力は三六機から二四機に減少した。敵は明らかに動揺している。

これでも本土爆撃を諦めないか。ならば、もう一度火虹弾で攻撃する。そうすれば、逃げ出すB29が現れるかもしれない」

そのとき、第二標的の先頭を飛行していた中隊長機が爆弾を捨てて逃げ始めた。すると、続く二機のB29も爆弾を捨てて逃げ出した。

これに誘発されたのか、雪崩を打つように第四標的でも同じ現象が起き始めた。

「思った通り、逃げ出すB29が現れた。いいぞ」

宗川は様子を観察する。

「第四標的の中隊長機からは、右前方を飛行する第二標的がはっきり見える。第二標的の中隊長機が逃げ出せば、第四標的がこれに続くのは当たり前だ」

宗川は冷静に次を考える。

「それでも逃げたのは六機だけだ。第一標的と第三標的は編隊を崩さず、東京上空方面へ向かっている。その前方には、本土へ向かう二つの梯団がある。一刻も早く目の前の梯団を片づけなければ」

宗川はB29が速度を上げていることに気づいた。まもなく爆撃針路に入る行動に違いない。少し焦《あせ》って命じた。

「敵は速度を上げて本土へ向かっている。逃げるものは捨て置け。早急に目の前の梯団を片づけるのだ」

「第二中隊、了解した。ただちに第三標的のB29を攻撃する」

宗川大尉は第一中隊への攻撃継続を命じた。

「第一中隊、攻撃目標は第一標的だ。もう一度同じ要領、火虹弾で攻撃する」

「第二小隊、了解した」

宗川は第一小隊の各機に命じた。

「第一小隊、ついてこい」

宗川大尉は再度二〇〇〇メートルの後方上空から、第一標的の最後尾小隊へと近づく。二度目の攻撃だ。宗川は冷静に判断する。

「操縦席より少し前方を狙ったほうが確実に落とせる」

左真横一五〇メートルから二〇〇〇メートル下方の三機編隊を見る。

B29の操縦席はガラス張りになっている。操縦士は全空が見渡せ、迫ってくる震電の姿がはっきり見えるはずだ。

敵はどんな気持ちだろうか。一瞬、そんな思いが頭をよぎる。

急降下に移った。今度は先ほどより余裕を持って、操縦桿の赤い火虹弾発射ボタンを押した。

左右の主翼から二発ずつ火虹弾が飛び出した。

操縦桿とフットバーを操作し、急降下のまま右旋回をかけ、高速でB29の編隊から退避する。

そのときだった。

今までにない強い衝撃波が襲ってきた。機体が大きく飛ばされるように揺れた。

機体を水平に戻して上空を見る。巨大な火の玉が一機のB29を包み込んでいた。

「火虹弾の命中で積んでいた爆弾が誘発した。震電の速度が速いため、火の玉に巻き込まれず退避できたんだ」

宗川は胸をなで降ろした。落ち着きを取り戻し、浅い上昇角で左旋回しながら各機の様子を聞いた。

「B29の爆弾が誘発したようだ。二番機、三番機、四番機、大丈夫か？」

「二番機、火の玉に突っ込んだが機体に異常はない。大丈夫です」

岩本少尉は瞬時に上昇に移り、火の玉を避けたらしい。

「三番機、異常なし！」

「四番機、異常なし！」

三番機、四番機は左後方のＢ29小隊を攻撃する位置に向かっていたために少し距離があり、火の玉を避けられたという。

宗川は安心してＢ29の編隊を見た。

空中には大きな火の玉が浮かんでいた。積んでいた爆弾が誘発したＢ29は、主翼や胴体が飛び散り、太陽光を反射しながら落ちて行く。

もう一機のＢ29が、爆発の強い衝撃で右主翼を折られ、回転しながら落ちていく。

「第二中隊はどうか」

宗川は第三標的を観察した。

「さすが実戦経験者ぞろいの第二中隊だ。確実に第三標的のＢ29六機を撃墜した」

宗川は第一中隊に向かって怒鳴った。

「攻撃を続行せよ。第一標的を全滅させるのだ」

岩本少尉が提案するように返事した。

「二番機、了解。隊長、まだ火虹弾が八発残っています。今度は我々に任せて下さい」

第一、第二小隊の四番機は、攻撃に参加していないため、火虹弾は全弾が残っている。宗川は攻撃の様子を見ることにした。

「了解した。頼むぞ」

「三番機、了解！」

「四番機、了解！　よし、Ｂ29を落とすぞ」

最後尾の梯団で、本土へ向かっているＢ29は一〇機のみである。全滅させることも夢ではない。

宗川は後方上空の援護位置についた。

しかし、ここで事態が急変した。

無線電話機からやかましく怒鳴り合う英語の声が聞こえてきたのだ。そして、梯団の先頭を飛行する隊長機が弾倉の扉を開くと、爆弾を海上へ捨てて大きな右旋回で南方へと逃げ始めた。

　これを見た残る九機も爆弾を捨て、大きな右旋回で機首を南方へ向けて逃げて行く。

　宗川は全機に告げた。

「逃げるものは構うな。次の標的は前方の梯団だ。攻撃の手を緩めるな！」

　想像していたとはいえ、これが日本人には考えられないアメリカ人の合理性なのか。

「生きて戻れば、これから出撃の機会はいくらでもあるだろう。米国人は、あくまで生きて戦うつもりかもしれない」

　宗川は複雑な心境であった。

　宗川は前方を見た。勝利の余韻に浸っている場合ではない。前方には本土へ迫るB29の二つの梯団が堂々と飛行している。

「本当の戦いはこれからだ。行くぞ！」

　宗川は前方を睨《にら》みながら怒鳴った。

3

　宗川は速度を上げて第二の梯団に接近した。

「先ほどの梯団と同じ編成だ。機体間隔を広くとり、三機で小隊、九機で中隊の編成を形成している。戦力は三個中隊二七機だ」

　時計を見ると、戦闘開始から一〇分ほど経過している。海面を見た。雲は切れ、右直下に三宅島が見えた。

「このままだとB29は、伊豆大島上空から江の島上空、本土へと侵入する。陸地にかかる前にやっつけなければ。

　多数の火虹弾を駆使した第一撃で、敵に大きな打撃を与える。そうすれば敵は度肝を抜かれ、逃げ出すB29が現れるに違いない」

　宗川は、これまでの攻撃で使用した火虹弾を整理した。

「小隊の四番機、耕谷少尉機、池田飛曹長機、大浦飛曹長機、上田飛曹長機は後方で援護にまわり、攻撃に参加していない。この四機は火虹弾の全弾が残っている。搭乗員は全員、実戦経験豊富な技量A級の搭乗員だ」

宗川はこの四機で新たな小隊を編成すべきと考えた。そうすれば、五個小隊が火虹弾で同時に攻撃できる。

宗川は標的を明示した。

「先頭の中隊を第一標的、右後方の中隊を第二標的、左後方の中隊を第三標的とする」

そして耕谷少尉に命じた。

「耕谷少尉、池田飛曹長機、大浦飛曹長機、上田飛曹長機で小隊を編成し、第三標的を火虹弾で攻撃せよ」

「こちら耕谷少尉、了解した。第三標的を攻撃する」

耕谷機、池田機、大浦機、上田機は単縦陣になり、第三標的の攻撃位置へと離れて行った。

宗川は第二中隊へ命じた。

「第二中隊、後方援護は無用だ。三機編成の二個小隊で第二標的を攻撃せよ」

第二中隊は火虹弾でB29を二度攻撃しており、残りの火虹弾は四発である。火虹弾での攻撃は一度だけ可能だ。

「第二中隊、了解した」

第二中隊は第二標的の攻撃地点へと向かって行った。

「第一中隊、同じ要領で第一標的を攻撃する！」

「第二小隊、了解！」

宗川は左下方に第一標的のB29小隊を見る。

「行くぞ！」

宗川にとっては三度目の火虹弾攻撃となる。余裕を持って、これまでと同じ要領で急降下する。

火虹弾を発射し、急降下に右旋回を加えて退避する。十分距離を取ったところで、再び高度一万まで上昇し、戦場全体を見渡す。

震電が次々と上昇して来る。全機、無事のようだ。

「やったぞ。同時攻撃の戦果は大きいな。ひぃ、ふう、みぃ……」

空中に浮かぶ火の玉は一六個あった。後方援護は不要で、上田飛曹長機も攻撃に加わったようだ。

「火虹弾の威力は凄い。一機の震電で確実に一機のＢ29を撃墜できる。攻撃がうまくいったのは、火虹弾が想像以上に大きな威力を持っているからだ」

宗川は改めて火虹弾の威力を知った。

梯団の残る戦力は一一機である。第二梯団の様子を探る。

「さっきの梯団とは違う。逃げ出すＢ29が現れない。それどころか、一一機が変則ながらも四個小隊で菱形を作り、本土へ向かっている」

梯団の行動は想定外であった。

宗川は海面を見た。前方に伊豆大島が見える。Ｂ29の第一梯団は、伊豆大島上空を本土へ向けて堂々と飛行している。

「本土は目の前だ」

宗川に焦りが生じた。

「Ｂ29を本土に入れるな。第二梯団を捨て置き、前方の第一梯団を攻撃する」

「第二中隊、了解した」

村上大尉も同じ気持ちだったようだ。すぐに返事があった。

震電戦闘機隊は速度を上げ、伊豆大島上空を越えたところで第一梯団に追いついた。

梯団は三機で小隊、九機で中隊、四個中隊で菱形を形成する三六機の戦力である。

宗川は、これまでと同じように先頭の中隊を第一標的、その右後方の中隊を第二標的、先頭の左後方を第三標的、最後尾の中隊を第四標的とした。

「耕谷少尉、火虹弾を撃ち尽くすまで第四標的を攻撃せよ」

「了解した。火虹弾で第四標的を攻撃する」

耕谷機を先頭に四機が離れて行った。

「第三中隊、第三標的を攻撃せよ」

「第二中隊、了解した」

「第一中隊、第二標的を攻撃する」

第一小隊の攻撃目標は、第二標的の右後方を飛ぶ小隊の三機である。

「すでに火虹弾を使い果たした。今度は三〇ミリ機関砲で攻撃だ」

火虹弾と機関砲では攻撃方法が異なる。宗川は単機でB29へ向かうことになる。

震電は三〇ミリ機関砲を四門装備している。装備する機関砲は、日本特殊鋼が開発した五式三〇ミリ固定機銃四門だ。

弾丸初速は秒速七五〇メートル、発射速度毎分五〇〇発で、搭載は一門当たり一二〇発である。

杉坂中尉の声が聞こえてきた。

「宗川大尉、二番機、三番機は火虹弾が四発残っている。もう一度火虹弾で攻撃できる」

宗川は、集中攻撃を受けやすい単機での攻撃を避けることにした。

「よし、任せた。俺は三番機の位置を飛ぶ」

宗川は杉坂機、岩本機に続いて急降下する。標的は敵の三番機で、これを機関砲で攻撃する。

宗川の目の前で、杉坂機はB29の真横一五〇メートル、上空三〇〇メートルの位置から火虹弾を発射した。発射と同時に、急降下を維持したまま右旋回で高速退避する。後方からは、火虹弾が命中して火を吹くB29の様子がはっきり見えた。

今度は岩本少尉が火虹弾を発射し、同じように退避する。岩本機が放った火虹弾は、二発がB29の操縦席、二発が胴体中央付近に命中した。

「神業《かみわざ》だ」

宗川は思わず口にした。B29は薄い煙を吐きながら、真っ逆さまに落下して行った。

次は宗川の番だ。

宗川はB29の真横一五〇メートル、上空三〇〇メートルから二〇〇メートルに接近するまで機関砲を発射し、急降下のまま右旋回で退避する。距離を取り、緩く上昇しながらB29を見る。

「一〇発は命中したはずだが」

B29はなにごともなかったかのように悠々と飛行している。

すべての震電が火虹弾を使い切った。

ここまでの戦果は、火虹弾で攻撃した第四標的は八機、第二標的は三機のB29を撃墜した。しかし、機関砲で攻撃した第三標的は二機に過ぎなかった。戦果の中に宗川が射撃したB29は含まれていない。

第一梯団の後方には一一機のB29が続いている。

「残るB29は三四機か」

宗川は檄を飛ばす。

「もとの編隊に戻れ。小隊ごとに機関砲で敵の第一梯団を攻撃せよ。もうひと息だ。頑張れ」

機関砲での攻撃は、菅野大尉がヤップ島でB24邀撃《ようげき》のときに編み出した直上方背面攻撃となる。

この戦法は、小隊四機が一五〇メートルほどの間隔で単縦陣になり、B29の前方上空一五〇〇メートル、距離二〇〇〇メートル付近で対峙《たいじ》する。速度は時速五〇〇キロ程度に抑えるが、それでも相対速度は倍の時速一〇〇〇キロにもなる。

距離一五〇〇メートルまで接近すると、B29を下方四五度に捉えることができる。ここで背面になり、なるべく速度を落として急降下しながら、B29の操縦席を狙って射撃する。

あまりにも危険な戦法で、搭乗員全員が技量A級以上でないと直上方背面攻撃では戦えない。

四機で一機のB29を攻撃するので効率も悪い。しかし、強敵のB29が相手だと他の戦法は効果が期待できない。

震電の搭乗員は紫電改の三四三空同様、海軍の中から選りすぐりが集められている。全員がA級と超A級の搭乗員だ。宗川は迷わず、直上方背面攻撃戦法で攻撃すると決めた。

震電戦闘機隊は速度を上げ、第一標的への攻撃位置についた。

「攻撃態勢に移れ！」

第一小隊は宗川機を先頭に岩本少尉機、杉坂中尉機、耕谷少尉機が一五〇メートルの間隔をあけて単縦陣となった。第二小隊も第一小隊の後方で同じく単縦陣を作った。

前方二〇〇〇メートル、下方一五〇〇メートルにB29の一番機を見る。太陽光を背にする理想的な態勢ではないが、太陽は真上近くで輝いており、邪魔はしない。

下方四五度にB29を捉えた。

「行くぞ。続け！」

宗川は背面になり、速度を抑えながらB29を凝視して急降下する。抑え気味にしても速度は増すばかりだ。照準器からB29がはみ出し、ぶつかるように迫ってくる。

高度差六〇〇、照準器の中でB29の操縦席が大きくなってきた。高度差三〇〇、震電は垂直に落下する。

宗川はここで操縦桿を力一杯引き、機関砲の発射ボタンを押した。三〇ミリ機関砲発射の衝撃は想像以上に大きい。

機体が震える。四門の機関砲から三〇発近い砲弾が発射され、Ｂ29に吸い込まれて行く。

高度差二〇〇、Ｂ29が照準器の下方へと消えて行った。降下角は垂直から六〇度近くまで回復した。時速約七五〇キロ、Ｂ29が後方へと去った。それでもＢ29の機首ぎりぎりでの離脱であった。恐怖の時間は去った。

後方を見ると岩本機、杉坂機、耕谷機が射撃して離脱する。Ｂ29の操縦席はまたたく間に砕け散った。致命傷を受けたはずだ。

耕谷の声が聞こえる。

「Ｂ29、落ちません。左に傾きながらも、まだ飛んでいます」

宗川はＢ29の行方を探った。薄い煙を曳《ひ》きながら、機体を大きく左に傾け、丹沢山脈方面へ向かって飛んでいる。

宗川は、北九州を爆撃したＢ29の話を思い浮かべた。Ｂ29は操縦士がやられても自動操縦装置で飛び続けるらしい。

攻撃したＢ29は操縦席が完全に破壊されており、操縦士は戦死したが自動操縦装置で飛んでいるのだ。

宗川が怒鳴った。

「構うな。次を攻撃する！」

第一小隊は三度の機関砲攻撃で、一個小隊三機のＢ29を葬り去った。

上空を見渡す。空中に数本の煙がたなびいていた。Ｂ29が煙を吐きながら落ちて行った航跡だ。煙の数は想定より少なかった。

宗川は次の攻撃に移ろうと、梯団の前方に出てＢ29と対峙した。前下方にＢ29を見る。Ｂ29とは十分な距離があり、機銃弾が命中するはずはないと思っていた。

そのときだった。

カン、カン。

操縦席下の防御鋼板に機銃弾が命中する音とともに、突き上げるような軽いショックが伝わってきた。その瞬間、左目に違和感を覚えた。

宗川は落ち着いて計器を見渡した。

「操縦席の下は四〇〇リットル入りの燃料槽だが、火災は発生していない」

震電は自動火災消火装置を積んでいる。火災が発生しても大丈夫だと思った。左目が少し気になったが、宗川に焦りはなかった。

「機体は大丈夫だ。ターボジェット発動機は正常に動いており、異常はない。これなら戦闘を続けられる」

岩本少尉機が近づいてきた。

「隊長、操縦席の下から燃料が漏れています。この様子では、百里ヶ原までの飛行は無理です。後方左下に厚木基地が見えます。戦場を離脱し、厚木基地へ着陸して下さい」

「わかった。俺は厚木飛行場へ向かう。あとを頼む」

B29は厚木基地を無視して北方へ向かっていた。

宗川は状況を確認する。

「針路を考えると、B29の目標は東京ではないようだ。現在地は厚木飛行場の北方上空五キロから六キロほどだ。厚木飛行場なら発動機が止まっても着陸できる」

計器を見る。高度六〇〇〇、時速四〇〇キロ、墜落する恐れはない。

「味方機だ！」

北方に、日の丸をつけた十数機の戦闘機が見えた。どうやらB29の編隊を追って行くようだ。特徴的な機首から陸軍の二式戦闘機『鍾馗《しょうき》』のようだ。

鍾馗は最大速度が時速六〇〇キロ以上、高度六〇〇〇メートルぐらいまでなら世界トップクラスの上昇力を誇る。

ところが、高度八〇〇〇メートル以上になると真っ直ぐ飛ぶのが精一杯という噂だ。おそらく、B29の迎撃どころではないだろう。

陸軍機であれ海軍機であれ、高度一万メートルを超えると、震電以外の戦闘機にはB29を迎撃できる性能はない。これが実情である。それでも東部軍防空総司令部は、鍾馗にB29迎撃を敢行させた。

宗川は大きな左旋回で針路を南方に変え、厚木飛行場へ向かった。

「残念ながら、三〇機近いB29が北方へ向かった。震電で迎撃したにも関わらず、本土侵入を許してしまった」

宗川の頭の中は、いかにしたらB29の本土侵入を防げるかで一杯だった。

4

宗川は滑走路わきの吹き流しで風向きを確認する。北風だ。飛行場を半周し、北風に向かって着陸態勢に入った。

飛行場を見ると零戦、雷電、彗星艦爆、夜戦の月光、銀河艦爆など一〇〇機以上の航空機が並んでいる。

「雷電は二〇機ほどか。主力機が二〇機とは心もとないな」

厚木基地に展開しているのは第三〇二航空隊である。三〇二空は三一二空とともに、東部軍防空総司令部の指揮下にある。三〇二空は雷電を主力機とし、関東地区の防空任務についている。

任務の重要性からか、三〇二空には岩本少尉以上の空戦技量を持つと評判の赤松貞明中尉、斜銃をつけた夜戦月光で名をはせた遠藤幸男大尉など、歴戦の搭乗員が配属されている。

それなのに、配属されている雷電が二〇機程度とは。宗川は複雑な気持ちを抱きながら、前下方の滑走路を見た。

「滑走路は十分な長さがあり、舗装もされている。厚木飛行場は百里ヶ原の飛行場以上に立派だな」

厚木飛行場の滑走路は舗装されておらず、航空機が離着陸すると土煙が巻きあがり、前が見えなくなると聞いていた。しかし、眼下の滑走路は長さが二〇〇〇メートル以上で、しかもコンクリート舗装された立派なものだった。

震電は着陸が容易な三車輪式だ。宗川は舗装された滑走路へ着陸した。

フラップを上げ、彗星艦爆が駐機するとなりで機体を停止させ、発動機を止めた。

操縦席から降りると、宗川は医務室に連れて行かれた。

「体に大きな損傷は見受けられない。ただし」

三〇二空軍医長の原口忠雄軍医少佐は聴診器を置くと、意味ありげに首を振った。すぐにでも百里ヶ原基地へ戻れると思っていた宗川は、原口少佐の態度が気になった。

「原口軍医長、それはそうですよ。敵の弾を食っても震電は大丈夫ですから」

「なにを言うか。貴様はいい気になって、B29の群れに突っ込んだだろう。だから集中砲火を浴びたのだ。

いいか、銃弾の威力は思ったより大きいものだ。見た目に異常はなくても、体の損傷は翌日以降に痛みや障害となって現れる。任務遂行が第一なのは、よくわかる。だが、もっと命を大事にしろ」

原口少佐が宗川をいたわるように言った。宗川も素直に礼を言う。

「私の任務はＢ29の脅威から帝都を守ることです。任務に恥じぬよう、これからはもっとＢ29を洞察するよう注意を払います。ありがとうございました。これで百里ヶ原へ戻ります」

明日もＢ29の来襲があるかもしれない。宗川は一刻も早く百里ヶ原基地へ戻らねばと思っていた。

燃料が気になったが、厚木から百里ヶ原まで飛行する程度ならなんとかなるだろうと安易に考えていた。

「言っただろう。損傷による体の障害は次の日以降に現れると。貴様の左目には、小さな金属片が突き刺さっていた。

そのためだろう、目が少し赤くなっている。金属片は取り除き、消毒薬も塗っておいたが、視力に影響が出るかもしれない。

どのような障害が出るか、それは明日以降になってみなければわからない。目がおかしいと感じたとき、すぐに必要な治療を施さないと失明の恐れがある。今夜は厚木で休んで様子をみるのだ。

明日の朝、腫れが引いていて、目に違和感がなく、ものがはっきり見えるなら左目は大丈夫といえるだろう」

戦闘機搭乗員にとって目は命である。宗川は急に真剣な顔つきになった。

言われてみれば、銃弾が命中したとき左目に違和感を覚えた。そのとき、手袋をつけたまま左目をこすった気がする。

「あのときに網膜を痛めたのか」

宗川には思い当たる節があり、いつになく不安を感じた。

「ここ厚木基地はな、酒はないが食糧を自給自足している。だから飯が腹いっぱい食え、しかもうまいぞ。風呂も大きくゆったりしている」

三〇二空司令は、斜銃の考案者として有名な小園安名大佐だ。

　小園大佐はラバウルの要塞化にヒントを得たのか、厚木基地を地下要塞に造りあげた。地下一〇メートルに二〇〇〇人を収容できる兵舎を造り、事務室や修理工場まで地下に建設した。

　食糧を自給自足するために米や野菜を栽培し、三〇〇〇羽の鶏、二〇頭の乳牛、二〇〇頭の豚を飼い、三浦半島の漁船を借り上げて魚まで自給している。

　その夜、宗川は原口少佐の忠告にしたがい厚木基地で過ごした。

　翌朝、宗川は地下兵舎から表に出て、まぶしい日の光を浴びた。左目に違和感はなかった。宗川は早速、医務室へ行き目を見てもらった。

「目の腫れは引いているようだな。どうだ、痛みはないか。ものが二重に見えることはないか」

「痛みはなく、二重に見えることもありません」

　原口少佐は笑顔で言う。

「それなら大丈夫だろう。だが、目をこすったりするな。それに二、三日は様子を見たほうがいい」

「色々お世話になり、ありがとうございました」

　宗川が医務室を出ると、一人の少年兵が待っていた。少年兵が気をつけの姿勢で言った。

「宗川大尉でありますか」

「そうだ、なにか」

「三〇二空整備分隊長、正木三章大尉がお待ちです。ご案内します。こちらへ」

　少年兵は宗川を格納庫へ案内した。

「正木分隊長、宗川大尉をお連れしました」

「ご苦労」

　正木大尉が宗川を見て言う。

「宗川大尉、震電の機体修復を終えた。百里ヶ原基地へ戻る程度の燃料も補給してある。詳しくは、修復作業を指揮した中黒治少尉に聞いてくれ」

宗川は驚いた。厚木飛行場には震電の燃料がまったくなかったという。

厚木基地の近くに神中《じんちゅう》鉄道の駅がある。中黒少尉は昨夜のうちに駅が蓄えていた少量の灯油を提供させたのだ。その間、宗川は何も知らずに体を休めていた。

「燃料まで調達してくれたのか。それはありがたい。礼を言う」

中黒少尉は震電について話し始めた。

「震電は点検・整備がしやすい造りになっているので、修復にそれほど時間はかかりませんでした。機体の外から覆いを外すだけで損傷個所がわかったのです」

正木大尉も話に加わった。

「俺たちは主に彗星艦爆の整備をしているが、震電ほど点検や整備のしやすさに重点を置いて設計された機体は見たことがない。

中黒少尉の話を聞いてわかったのだが、震電は操縦装置や動力関係のロッド、索、電気配線などが外から取り付けられる構造になっている。

だから、震電の機体は工場の製造効率も非常に高いはずだ。それに、震電は飛行中に操作すべき機器類の自動化が進んでいる。

操縦席は各種装置の操作スイッチや操作レバー、ハンドルが少なく、すっきりしている。搭乗員はこれまで以上に操縦に専念できるのではないか」

中黒少尉は飛行科予備学生一三期と同期の、兵器整備科予備学生七期出身である。これまで九七式艦攻や零戦、彗星艦爆の整備を経験してきた。

そのためか、日頃整備を担当している複雑な構造の彗星艦爆と比べ、整備の容易さを考慮した震電の構造に驚き、素直な感想を正木大尉へ話したようだ。

宗川も震電の優れた点を話した。そして、改めて損傷個所について聞いた。

「中黒少尉、損傷はどんな状態だった」

「機体を点検していると、操縦席下の二箇所に穴があいているのを見つけました。機体の覆いを外して操縦席下の燃料槽を調べると、燃料槽にも二つの穴があいていました。

さらに燃料槽を外すと、厚さ一六ミリの防御鋼板に当たって潰れている一二・七ミリ弾の弾頭二個が見つかりました。

震電の燃料槽は、厚さ二二ミリの防弾ゴムで覆われています。一二・七ミリ弾は炸裂弾でないため、燃料槽に穴をあけましたが防弾ゴムが穴をふさぎ、燃料漏れは最小に抑えられています。

これが二〇ミリの炸裂弾だったら、震電は火を吹いたかもしれません」

震電は『恵』二〇型自動消火装置一式を装備している。恵二〇は火災が発生すると、炭酸ガスを噴射して火を消す。

宗川は口に出さなかったが、たとえ二〇ミリ炸裂弾が命中しても震電は大丈夫だろうと思った。

宗川は十分に礼を述べ、午前一〇時頃に厚木飛行場を飛び立ち、無事に百里ヶ原飛行場へ着陸した。

すぐに奥宮中佐へ報告する。

「宗川大尉、機体に敵弾を受けて厚木飛行場に着陸。厚木基地で修復を受け、ただ今、戻って参りました。心配をかけ、申し訳ありませんでした」

奥宮中佐は厳しい表情で宗川の報告を受けた。

「昨日のうちに三〇二空から貴様が無事だと連絡が入った。貴様は、震電航空隊を指揮する隊長である。隊長を失ったら航空隊に大きな支障が出る。今後はその意味を十分わきまえて行動せよ」

宗川は額《ひたい》の汗を拭って答えた。

「軽率でした。今後は、今回の出来事を教訓に行動します」

奥宮中佐が笑顔になった。

「貴様が無事に戻った。初陣にも関わらず、震電戦闘機隊は大きな戦果をあげて全機無事に帰投した。軍上層部も震電戦闘機隊の活躍に大いに満足しているであろう」

奥宮中佐は宗川が気にしている内容に触れた。

「三〇二空から、貴様が左目を負傷したとの連絡も入っている。大事をとって今日と明日は、飛行訓練を中止しろ」

「いえ、目は大丈夫です。原口少佐からお墨付きをもらっています」

奥宮中佐は叱責するように言った。

「なにを言うか。これは原口少佐の助言だ。先ほども言ったが、指揮官は任務の重要性を認識しろ。これは命令だ」

命令ならば、したがうしかなかった。


その日一一日の午後、さらに翌日もＢ29の来襲はなかった。三一二空は宗川を除いて通常通り飛行訓練を行った。その間、宗川の目に異常は発生しなかった。

宗川は一三日から飛行訓練を再開した。午前八時からは、いつものように訓練前の打ち合わせである。まず奥宮中佐からの連絡事項だった。

「防空総司令部から、一〇日のＢ29来襲についてまとまった報告が寄せられた。来襲したＢ29はおよそ一一〇機だったという。

搭乗員の報告によれば、一〇日の迎撃戦で震電戦闘機隊が撃墜したＢ29は五二機だった。東部軍防空総司令部によると、一〇日の夜に丹沢の山腹に三機、浅間山中に四機、那須連山に二機のＢ29が墜落したとの報告があったそうだ。

これと搭乗員の報告による重複報告を除くと、震電戦闘機隊が撃墜したＢ29は五五機であった。

それから、群馬県の中島飛行機の上空に現れたB29は二八機との報告である。ただし、B29が投下した爆弾はすべて雑木林や畑に落ち、中島飛行機の工場は爆撃による被害を受けなかったとある」

宗川をはじめ一同は、安堵の表情を見せた。宗川は気持ちも新たに訓練飛行に飛び立った。

第2章　門出

1

　昭和一五年八月七日の午後、宗川四朗機関少尉候補生は舞鶴湾を見つめながら、思いきり背伸びをした。

「今日は俺たちの門出だな」

　宗川は、となりで舞鶴湾を見つめる田浦義正機関少尉候補生へ話しかけた。

　理屈っぽい性格の田浦が、いつもの調子で答える。

「一〇日からは遠洋航海が始まる。遠洋航海は俺たちが海軍軍人として一人前になるための出発点といえる。そうであるなら、今日が俺たちの門出といえるかもしれないな。

　三年半の短い間だったが、舞鶴の生活では楽しい思い出がたくさんできた。貴様と出会えたのは、俺にとって本当によかったと思っている。数年後には、舞鶴での生活が懐かしく感じる日が来ると思う」

　そして、しんみりと言った。

「舞鶴とも今日でお別れだ。やはり今日は門出だな」

　この日、宗川ら七八人は海軍機関学校を卒業し、晴れて任海軍機関少尉候補生の辞令を受けた。宗川は辞令を受け取った瞬間、気持ちも新たに海軍軍人になるための門出だと強く感じた。

　宗川は大正九年二月二〇日に北海道余市のりんご農家の四男として生まれ、昭和一二年四月一日に海軍機関学校へ入学した。第四九期である。

約三年半の教育期間を経て、宗川は上位一〇名に入る成績で卒業した。宗川が学業では絶対にかなわないと思ったのが田浦少尉候補生だった。

田浦は大正八年一二月、熊本県に生まれた。陸軍士官学校を受験したが、身体検査で不合格になったという。海軍兵学校受験も考えたが、体が弱いため身体検査で落とされると思い、海軍機関学校を受験したと話していた。

田浦の学業成績は抜群である。頭が切れるからだろうか、田浦はときどき世界情勢や世相に憂いを感じているような話をする。

田浦が心配そうに話す。

「ヨーロッパではドイツ軍が快進撃しているらしい。一方の日米関係は、険悪さがいっそう増しているようだ。これからの日本はどうなるのだろうか。遠洋航海にしても、この世界情勢では日本近海の前期はともかく、後期の遠洋航海が無事にすむか心配だ」

昨年九月一日、ドイツ軍がポーランドへ侵攻して欧州戦争が勃発した。一一月三〇日にはソ連とフィンランドの間で戦争が始まった。

今年に入ると、ドイツ軍は四月にノルウェー、デンマークに侵攻し、五月にはベルギー、オランダ、北部フランスへ侵攻した。ドイツ軍は六月にパリへ無血入城している。現時点では、ヨーロッパの大部分がドイツ軍の占領下にある。

日米関係も、昨年一二月二二日にアメリカが日米通商航海条約の締結を拒否した。太平洋にも暗雲が漂う気配がはっきりと現れてきた。

宗川は世界の情勢を心配するより、自分にできることを精一杯、頑張ろうと考える性格である。

「俺には遠洋航海が無事にすむかわからない。そんな心配をしても、俺たちにはどうにもならない。

それより、今年の遠洋航海は新造の練習巡洋艦で行うらしい。もしそうなら、俺たちは居心地のよいフネに乗って航海できる」

田浦も少し笑顔になった。

「その噂は俺も聞いた。遠洋航海は前期と後期の二回に分けられて実施される。例年なら、後期は一〇月初め頃に内地の港を出港する。だから準備が長引いたとしても、後期は新造のフネに乗れるのではないか。

数年前の後期遠洋航海では、欧州まで航海したこともあると聞いている。今年は欧州まで航海するのは無理だろうが、インド洋あたりまで行けるかもしれない。そうなれば、生まれて初めて体験する出来事が多くあるに違いない」

宗川と田浦はなぜか気が合い、なんでも話せる仲であった。

一〇日に横須賀を出港する遠洋航海の話で盛り上がった。話が落ち着いたところで、田浦が宗川に聞いた。

「ところで宗川、貴様に一度聞いてみたいと思っていたのだが。貴様は強い体の持ち主だ。健康上、なんの問題もない。なぜ兵学校ではなく機関学校を選んだんだ。兵学校でも問題なく合格できただろうに」

「中学生のとき、俺は数学の教師から『航空機用ガスタービン』の話を聞いた。それまで俺は、原動機はピストンの往復運動を回転運動に変換する機械だと思っていた」

宗川はりんご園にあった発動機に興味を持ち、父親や兄になぜを連発して発動機の仕組みを理解した。そんな幼い頃の思い出をまじえ、宗川は原動機について熱く語った。

田浦は原動機を設計できるほどの知識を持つ秀才だ。それでも口を挟まず、熱心に宗川の話を聞いた。

　宗川は話を続ける。

「揮発油を燃料とする自動車の発動機、焼玉式やディーゼル式発動機、それに蒸気機関車だってピストンの往復運動を回転運動に変換することで動くだろう。だから原動機は往復運動を回転運動に変換する機械と思い込み、信じて疑わなかった。

　ところが、数学教師が言うガスタービンは燃焼ガスでタービンをまわすんだ。ガスタービンには往復運動するピストンはなく、初めから燃焼ガスで回転運動するんだ。自分にとって、これは新鮮な驚きだった」

「子供の頃に受けた衝撃は、その人の一生を左右すると聞いた覚えがある。貴様にとって航空機用ガスタービンが、そうなんだろうな。でも、それと機関学校と、どう結びつくんだ」

「俺は航空機用ガスタービンの話を聞いたとき、この世には想像もできない未知の世界が溢れていると、驚きと新鮮さを味わった。それからは、航空機用ガスタービンの話が頭から消えなかった」

　田浦は黙って宗川の話を聞く。

「俺は航空機用ガスタービンについて、毎日のように数学教師に話を聞きに行った。数学教師が言うには、ヨーロッパにおける航空機研究の最先端はガスタービン発動機だそうだ。ガスタービン発動機なら、航空機を音速以上で飛ばすことができるとも話してくれた。

　これには驚いた。航空機は音より速く飛べると言うのだから。

　数学教師は、そんなヨーロッパの状況を日本に知らしめたのは、海軍航空技術廠《しょう》の種子島少佐だと教えてくれた。そして、種子島少佐は海軍機関学校の出身だと話した。お前がそんなにガスタービンに興味があるなら、海軍機関学校に進んで勉強したらどうだと助言してくれた。

それで俺は機関学校を選んだ。卒業後の希望配属先として、俺は海軍航空技術廠と書いた」

「なるほどな。貴様は、子供の頃の夢を実現しようとしているのか。それに貴様を見ていると、研究熱心な性格だとわかる。貴様に海軍航空技術廠は性に合っているような気がする」

宗川は話しながら、田浦の心情をおもんぱかった。田浦は、もっと健康に優れていたなら自分の好きな道に進めたと思っているのだろうと。

「田浦、貴様は将来の希望に何を書いたんだ」

田浦の返事は意外だった。

「俺は航空機の整備を希望した。俺は体が弱いから搭乗員は無理だ。ならば、航空機を飛ばすための縁の下の力になろうと思うんだ」

「貴様なら、どんな希望でもかなうと思うけど、どうして航空機の整備なんだ」

「航空機を飛ばせるか否かは、地上の整備力にかかっていると俺は思う。噂に聞く零式艦上戦闘機について、誰もが速力や航続力、空戦の機動力など性能の話ばかりしている。

しかし、高性能と噂される零戦だって、一本の螺子《ねじ》の緩みで飛べなくなることだってある。零戦が敵機と相まみえたとき、一本の螺子の緩みで発動機が故障すれば、敗北に繋がるとは思わないか。

零戦が勝利を得るには万全に整備され、設計通りに高性能が発揮されなければならない。それに、戦場では整備の速さも必要になる。だから、優れた航空機は整備もしやすい必要がある。

そのように思えてならない。だから俺は、搭乗員から真に信頼される整備部隊を作りたいと思っている。もし将来、貴様が航空機を設計する機会に出会ったら、性能のみならず整備のしやすさも考慮してほしい」

宗川は感心して言った。

「まさにその通りだ。貴様が整備隊長なら、搭乗員は安心して出撃し、十二分に活躍できるに違いない。俺はそう思う」

「貴様も、一日も早く航空機用のガスタービン発動機を実用化してくれ。ガスタービン発動機を積んだ航空機が出来上がったら、整備は俺が担当する」

「ああ、必ず実用化する」

二人の会話は、いつの間にか将来を誓う話に変わり、気持ちも盛り上がった。

日が傾いてきた。宗川が腕時計を見て言った。

「そろそろ時間だな。舞鶴とも今日でお別れだ。しばらくは舞鶴湾を眺めることはないだろうな」

田浦も後ろ髪を引かれるように言う。

「これからは遠洋航海だからな。さあ、汽車の時間に遅れないように行こうか」


二人は一緒に舞鶴駅へ向かい汽車に乗った。舞鶴から京都に出て、東海道本線に乗り換え夜行列車で横須賀へ向かった。


一〇日は、いよいよ遠洋航海へ向けて横須賀を出港する日である。

岸壁には、真新しい練習巡洋艦『香取』と『鹿島』が係留されていた。

宗川は少し興奮して言った。

「おい田浦、俺たちは初めから居心地のいい新しいフネに乗れるみたいだぞ」

「係留されているのは、四月に竣工した『香取』と五月に竣工した『鹿島』の二隻だ。海軍は練習艦隊を編成したとの噂は聞いていたが、この二隻は練習艦隊の所属なんだな」

田浦が旗を確認して言った。

「おい、俺たちが乗るのは旗艦の香取のほうだ」

二人は香取に乗艦した。

昭和一五年度の遠洋航海は、兵学校六八期、機関学校四九期、経理学校二九期を卒業した少尉候補生が、香取と鹿島へ分乗するはずである。ところが、岸壁に兵学校卒業の少尉候補生はいなかった。

宗川が不思議に思って岸壁を見ていると、香取艦長の市岡寿大佐が練習艦隊司令官清水光美中将を案内し乗艦してきた。

午前一〇時、香取は軍艦マーチに送られて岸壁を離れた。香取の後に鹿島が続く。

横須賀港を離れると田浦が言った。

「最初の寄港地は江田島だな」

「なぜ江田島なんだ」

「横須賀で兵学校卒業生は乗艦しなかった。おそらく江田島で乗艦するのだろう」

「田浦の言う通りかもしれないな」

宗川は、ただ成り行きを見ていただけだった。しかし、田浦はいつでも周囲に気を配り、状況を観察していた。

一連のセレモニーは、兵学校卒業生が乗艦してから行うらしい。なにもセレモニーがないまま、香取は東京湾を抜けて外洋に出た。香取は大きく迂回するよう、伊豆大島を右に見て針路を西へ向けた。

香取は外洋でも安定した航行を続けた。

ここで少尉候補生は、遠洋航海での注意事項を受けた。練習巡洋艦の特徴についても説明があった。

次に少尉候補生は香取の内部を見学しながら、どこに何があるか構造を理解する。宗川は練習巡洋艦の特徴を整理しながら、香取の中を見てまわるよう心掛けた。

初めは艦橋だ。航海士が説明する。

「香取は基準排水量五八〇〇トンの大きさだが、航海に不慣れな少尉候補生のため速力より航海性能に重きを置いた構造になっている。

だから、艦橋は大きな箱型の構造をしている。それに少尉候補者専用の羅針艦橋があり、その前は天測甲板になっている」

船乗りにとって天測は必要不可欠、基本中の基本である。

「香取は、練習巡洋艦として理にかなった造りになっている」

宗川は説明を聞きながら納得した。

甲板に出て兵器類を見学した。

「なるほど。最新型の兵器はなく、今では旧式と思われる多種多様な兵器類だ。原理や構造を理解するうえで最適な兵器と言える」

宗川は感心しながら兵器類を見た。

艦の中央には煙突があり、その後方に水上偵察機を飛ばすための射出機がある。射出機の上には、昭和九年に制式採用となった複葉三座の九四式水偵が載っていた。

次は、宗川が最も興味のある機関室である。

機関室に入った。香取の機関は蒸気タービン二基とディーゼル機関二基だ。これを見て宗川は思った。

「練習巡洋艦は候補生に多くを学ばせようと、蒸気タービンとディーゼル機関を搭載しているのか」

説明によると、ディーゼル機関は艦本式二二号内火機械と呼び、中型潜水艦用に新たに開発されたものだった。巡航時はディーゼル機関のみで航行するという。

「香取は、ディーゼル機関のみで最大一四ノットの速度で航行できる。現在、香取は一二ノットで航行している。だから、今はディーゼル発動機だけで航行している。

艦の種類だけでなく、同じ巡洋艦でも艦によって独自の運用方法で機関を動かすのだ。

フネは学校で学ぶ理論だけで動かそうとすると、あちこちに無理が生じたり、故障が発生したりするのだな。だから艦によって工夫を凝らし、独自の運用方法が生まれる。理屈だけではどうにもならない」

宗川は汽缶への燃料供給方法、蒸気タービン、ディーゼル機関の動かし方などを完全に理解しているつもりであった。ところが、実際の運用は学校では教えられない、理論と違う点が多くある。宗川は現実に沿って勉強する必要性を強く感じた。

練習艦隊は豊後《ぶんご》水道を北上して瀬戸内海に入った。江田島で、兵学校卒業の少尉候補生が乗艦した。練習艦隊は一三日に江田島を出港し、次の寄港地大湊《おおみなと》港へ向かった。

一七日、練習艦隊は大湊港に接岸して補給物資を積み込んだ。夕方になり、宗川が甲板に出て涼んでいると、田浦が話しかけてきた。

「宗川、予想通り遠洋航海は前期のみで中止と決まったようだ」

田浦はどこから聞いてきたのか、少尉候補生では知りえぬ話をする。

「そうか。田浦が心配した通りになったな。前期の遠洋航海も、ここで中止か」

「いや、前期は予定通り実施されるようだ」

田浦の言う通りだった。練習艦隊は大湊を出港し、鎮西、大連、旅順へ入港し、その後は上海まで航行した。上海では上陸を許され、土産を買う時間もあった。

九月二〇日、練習艦隊は内地に戻った。ここで少尉候補生へ正式に後期遠洋航海の中止が伝えられた。

二五日になると、少尉候補生へ一〇月一日付での異動内示があった。

宗川が田浦に聞いた。

「田浦、貴様の異動先はどこだ」

「通常なら機関学校出身者は遠洋航海の後、工廠での実習となるはずだ。ところが、俺はいきなり香取の乗組員になる内示を受けた。

連合艦隊は、新たに潜水艦部隊の第六艦隊を編成するらしい。どうやら香取は、第六艦隊の旗艦になるようだ」

田浦は、日米関係が引き返せないほど悪化していていると言いたかったようだ。

「通信設備や移住性などを考えると、香取は旗艦に相応しいかもしれないな。そうか、貴様は第六艦隊に配属されるのか」

田浦は航空機整備を希望していた。潜水艦部隊とは想像外だったのだろう。

「そう言う貴様は、どこへ行くんだ」

「規定通り広《ひろ》工廠で実習だ。俺は将来の勤務先として、空技廠を希望すると書いてある。近いうちにその希望がかなうよう広工廠で頑張る」

田浦は励ますように言った。

「そうだな。貴様の夢は、航空機用ガスタービンの実用化だ。実習で頑張ると希望がかなうと聞いている。広工廠で多くを学んで来い。そして、必ず航空機用ガスタービンを完成させろ」

「ああ、そのつもりだ」

田浦は厳しい目で言う。

「つもりではなく、必ず完成させるんだ。おそらく、いばらの道が待っているだろうが、必ずやり遂げろ。俺は、そのときまでに最高の航空機整備部隊を編成しておく。そして、ガスタービン発動機を積んだ航空機を整備する」

宗川も決意を示すように言った。

「必ず航空機用ガスターンビン発動機を実現する。そして、世界一の性能を持つ戦闘機を作る」

田浦が両手を握って言った。

「そうだ。その意気だ」

一〇月一日、少尉候補生はそれぞれの分野へと旅立って行った。

2

宗川四朗機関予備少尉は昭和一六年三月末をもって、無事に連合艦隊と広工廠での規定実習コースを終え、「任機関少尉と航空技術廠勤務を命ず」の辞令を受け取った。宗川は晴れて希望していた航空技術廠員となった。

四月三日、宗川が航空技術廠へ出頭すると、廠長和田操少将名による飛行機部への配属を申し渡された。

「発動機部ではなく飛行機部に配属とは驚いた。機関学校では、航空機の原動機と機体設計をみっちり勉強してきたから、なんとかなるだろう」

宗川は飛行機部をまわり、ひと通りの挨拶を終えた。

昭和一六年四月時点の飛行機部は、後に銀河となる『Y20』の設計で大忙しの状態だった。和田少将はY20を空技廠で試作し、しかも一年で一号機を完成させるとの強い決意を表明した。

しかしながら和田少将の強い決意とは裏腹に、空技廠内部や航空本部の反対意見、さらには作業態勢の編成に手間取り、開発作業の着手は大きく遅れた。

飛行機部設計係主任山名正夫少佐のもとに、総括主務兼主翼主務担当三木忠直大尉、胴体・兵装主務担当高山捷一大尉、尾翼主務担当服部六郎大尉、降着・操縦装置主務担当堀内武夫大尉、風洞・

空力関係主務担当北野多喜男技師が決まり、設計作業が始まったのは昭和一五年一一月に入ってからであった。

宗川が飛行機部長杉本修少将から命ぜられた仕事は、Ｙ20の機体強度計算を担当している鶴野正敬造兵大尉の補助要員である。

宗川は早速、鶴野大尉の仕事場へ向かった。

鶴野大尉が説明する。

「俺の仕事はＹ20の機体強度計算だ。Ｙ20は一トン爆弾を積んで急降下爆撃ができる画期的な航空機だ。しかも最高速度は零戦以上、航続距離は三〇〇〇海里（約五五〇〇キロ）以上を狙っている」

「単発機で、そのような性能を実現するのは難しいですね。Ｙ20は双発機ですか」

鶴野大尉が宗川を見直すように言う。

「さすが、機関学校出だ。その通りだ。高性能を求めるために設計者は可能な限り機体重量を抑えようとする。それでも安定性と操縦性を損なわずに飛行性能を満足させる必要がある。

この兼ね合いが難しい。だから、俺たちの仕事は機体の強度計算だけにとどまらない。

機体構造を詳細設計まで丹念に調べ、強度を計算しなければならない。つまり、機体強度を確保しつつ機体重量を増加させせない工夫をし、設計者へ助言する必要があるのだ。

機関学校出なら、そのくらいはできるだろう。俺はほかの仕事で忙しいから、お前にしっかり働いてもらわねばならない。頼むぞ」

宗川は気になったので聞いた。

「ほかの仕事とはなんですか」

鶴野大尉は目を輝かせて話し始めた。

「俺はな、学生の頃から高速戦闘機の実現方法を研究してきた。研究の結果、層流型薄翼に約二〇度の後退角を付けた主翼で、二〇〇〇馬力の発動機を積めば四〇〇ノット（時速七四〇キロ）の最高速が得られるとわかった」

　昭和一三年初め、陸軍は高度四〇〇〇メートル以上で、時速六〇〇キロ以上を出す高速戦闘機を計画した。その後、昭和一四年に起きたノモンハン事変によって、陸軍内部では格闘性能を犠牲にしても速度を重視する高速重戦闘機の必要性が強く叫ばれるようになった。

　陸軍は、ノモンハンの戦訓から高速重戦闘機の開発に本腰を入れ、昭和一五年八月に二式重戦闘機『鍾馗』の第一号機が完成した。

　陸軍に刺激され、海軍も昭和一四年に高速重戦闘機を計画した。一四試局地戦闘機として三菱一社指定で試作発注した、後の局地戦闘機『雷電』である。

　一四試戦闘機を計画したとき、速度性能が四〇〇ノット（時速七四〇キロ）を超すと、従来方式のプロペラ機では実現困難との研究結果が得られた。そこで、どのような方式なら四〇〇ノット以上の高速戦闘機が実現できるか、本格的な研究が始まった。

　次世代戦闘機は高速重戦闘機。これが当時の趨《すう》勢《せい》でもあった。

　鶴野大尉は陸海軍の動きとは無関係に、東京大学航空学科在学中から独自に高速性能の戦闘機を研究してきたという。そして、昭和一四年初め頃に高速戦闘機の構想をまとめたのである。

　鶴野大尉が持論を展開する。

「それだけではない。大出力の発動機を胴体後部に置けば、胴体前面を自由に加工できるから空気抵抗を減らせる。

　もう一つ。尾翼の働きをする小さな翼を主翼の前方に置く前翼型の機体、それに首輪式降着装置を採用すれば多くの利点があることもわかった。

噂だが、米国のカーチス社がエンテ型機を開発していると耳にしたことがある。前翼型を米国ではエンテ型と呼んでいるようだ。状況を考えれば、日本は米国に負けてはならないのだ」

この頃から海軍内部でも、日米開戦は避けられないとの声が大きくなってきた。ただ、鶴野大尉が日米開戦を意識しているのかはわからない。

鶴野大尉の話は熱を帯びてきた。

「エンテとかカナードと呼ばれる前翼型の飛行機はプロペラ効率がよく、主翼が失速しにくいのは昔から知られている。格段に優れた空力的性能を持ち、構造上多くの利点もあるのだ」

鶴野正敬は昭和一四年に東京大学を卒業し、海軍造兵中尉として任官した。昭和一五年秋、鶴野中尉は連合艦隊と航空隊の規定実習コースを終え、海軍航空技術廠飛行機部設計係副部員に任命された。

飛行機部での仕事は、双発艦上爆撃機Y20の機体強度計算、構造の詳細設計計算である。鶴野中尉はY20計画の開発が始まったときから設計チームの一員として参加している。

鶴野造兵大尉はY20の仕事で忙しく、前翼型機の研究がなかなか進まなかった。そこで機体強度計算の補助要員を強く要望し、宗川が補助要員として配属されたのだった。

宗川は自分の置かれている立場を理解し、これまで温めてきた自分の考えを話した。

「鶴野大尉、空技廠でのガスタービンの研究はどうなっているんですか。ガスタービンなら、前進翼型の航空機は音速を超える速度を出せるのではないですか」

鶴野大尉は目を見開き、宗川の顔を見つめた。

「お前の言うガスターンビンとは、ターボジェット発動機のことだな。真実はわからないが、ドイツとイギリスでターボジェット発動機を搭載した航空機が飛行したという情報を聞いた記憶がある。

残念ながら、我が国ではターボジェット発動機はそれほど注目を集めていない。研究も低調で、いつになったらターボジェット発動機が完成するかわからない。

空技廠では、発動機部の種子島中佐の班が少ない予算で細々と研究を進めているのが実情だ。ただし、俺の考える前翼型機はターボジェット発動機の搭載を前提にしている。だから、種子島中佐の研究がどれだけ進んでいるか注目している。

どうやらお前は、ターボジェット発動機に興味があるようだな。だったら、種子島中佐の研究に注目していろ。お前に必要だろうから、参考までに空技廠でのターボジェット発動機研究の経緯を説明する」

鶴野大尉は、ターボジェット発動機と空技廠での研究について話し始めた。

ジェット機の根幹をなすのはターボジェット発動機である。ジェット（噴流）はピストン式より理論が簡潔だ。ジェットを動力として利用すれば、航空機の優れた原動機になることは古くから知られていた。

ルーマニア生まれのアンリ・コアンダは、実験にこそ失敗したが一九一〇年にジェット推進飛行機を制作した。ライト兄弟の初飛行から、わずか七年後のことである。

日本のターボジェット発動機は、早い時期から欧米技術のコピーではなく、海軍技術士官独自の発想から研究が始まった。その主導的役割を果たしたのが、海軍航空技術廠の種子島時休造兵少佐である。

種子島少佐は昭和七年頃からガスタービンの研究を始め、昭和九年に『航空機用ガスタービン』として研究成果をまとめた。ただし、この論文が海軍内部で注目を集めた形跡は見当たらない。

種子島少佐は、昭和一〇年に造兵監督官としてパリに赴任した。パリ勤務中に何度もスイスのブラウン・ボベリー社などを訪ね、ガスタービンやジェット推進法に関する情報収集活動を行っている。

種子島少佐はパリ駐在中に中佐へ昇進し、昭和一三年初めに帰国した。帰国後の勤務先は古巣の空技廠発動機部であった。

発動機部は試作発動機の実験や分解整備、点検、組み立てなどを行う部門だ。ところが、種子島中佐はピストン式発動機には目もくれず、熱噴流の速度計測の実験装置を作り、ジェット推進の基礎研究に取りかかった。

この時期の空技廠は日華事変などの影響により、発動機部の作業量が飛躍的に増えていた。実験工場は手狭になり、新たな実験工場が建てられた。種子島中佐は完成した新しい実験工場の工場長に任命された。

種子島はこれをチャンスと捉えたのか、配下に永野治造兵少佐、宮田応礼技師、加藤茂雄技師、曽根健哉技師といった日本のターボジェット発動機開発の中心メンバーとなる人材を集めた。

特にターボジェット研究に人一倍熱心だったのが加藤技師である。

加藤技師は、ピストン式発動機の排気ガス駆動による二五〇〇馬力級排気タービン過給機の研究を担当していたが、誰から教えられずとも、すでにターボジェット発動機の構想を持っていた。

種子島中佐は工場長に就任すると、ただちにガスタービン、ターボジェットの実験に乗り出した。

新しい実験工場は、まるで種子島中佐の夢を実現する研究設備のようであった。

　空技廠の上層部は種子島中佐の研究を黙認する態度を見せ、何も言わなかった。

　この頃は、ドイツなど欧米から新技術に関する情報が次々と入ってきた。ところが、軍令部をはじめとする海軍中央の上層部は、電波兵器やガスタービンなどの新技術にほとんど関心を示さなかった。

　空技廠は技術者集団の組織である。空技廠幹部は、種子島中佐を夢に向かって突き進む人物と見ていた節がある。それをよしとして、空技廠幹部は種子島中佐にガスタービン関連の技術研究を任せたようにも思えた。

　昭和一三年の夏の終わり頃、ある日の深夜、発動機部の川田雄一技師が設計室をのぞくと、加藤技師が熱心に図面を引いていた。

　川田が声をかけた。

「加藤君ではないか。こんな夜更けまで何をしているんだ」

「ああ、川田さん。見て下さい。これから航空機用発動機の主流になるターボジェット発動機の設計図です。これが実現すれば、ピストン式発動機なら一〇〇〇馬力級に匹敵する優れた発動機になります」

　図面の発動機は、ピストン式発動機とは似ても似つかない形をしていた。

「変な形をしているな。これが航空機用の発動機になるのか」

「従来の発動機とは理論が違うので、こんな形になるのです。ですが将来性のある発動機です」

「どんな理屈で動くんだ」

　加藤技師は、待ってましたと言わんばかりに説明する。

「まず、この羽根を高速で回転させて空気を圧縮します。そこへ霧状にした燃料を噴射し着火します。すると大量の高温燃焼ガスが発生します。発生した燃焼ガスをタービンにぶつけて軸を回転させます。

タービンと羽根の軸は直結しているので、軸の回転力で空気を圧縮する羽根がまわります。さらに燃焼ガスを後方の噴出口から噴射することで推進力が生まれます」

加藤技師が見せたのは、排気タービン過給機と技術的に共通性の高い遠心式圧縮機のターボジェット発動機の設計図だった。

川田技師は強度関連の専門家で、蒸気タービンの強度について研究した時期もある。蒸気の代わりに燃焼ガスを使うターボジェット発動機の仕組みは、すぐに理解できた。

ただ、加藤技師の話をそのまま認めるのは悔しかった。

「燃焼ガスを後方へ噴射した推力で飛行機を飛ばすのか。こんなもの、本当に実用化できるのか。疑わしいものだ」

加藤技師は口をとがらせて反論する。

「宮田さんは、模型とはいえ永野少佐が設計したガスタービン発動機を制作し、見事に動かしたではありませんか。すでに理論は正しいと証明されているのです。

この設計図は模型ではなく、実用化が見込めるターボジェット発動機なんですよ」

川田技師が助言した。

「加藤君、この設計図の試作機を作るつもりなら、工場長の許可をもらえよ」

「もちろん、そうします」

数日後、加藤技師は完成した設計図を持って種子島中佐の部屋を訪れた。部屋では種子島中佐と田丸成雄技師が打ち合わせをしていた。

田丸技師は種子島中佐の片腕と言われ、後にターボジェット発動機の研究で大きな役割を演じた一人である。

加藤技師は種子島中佐と田丸技師の前に、自分が設計したターボジェット発動機の設計図を広げた。

「種子島工場長、これはターボジェット発動機の設計図です」

種子島中佐は驚いた。

「ターボジェット発動機だと。詳しく説明してくれるか」

加藤技師は目を輝かせて説明を始めた。

「発動機の構造です。まず発動機の前部にある送風機の扇車を高速回転させ、遠心力で空気を圧縮します。圧縮された空気は外周の拡散室から燃焼室へ送り、そこへ霧状になった燃料を噴射して着火します。

すると、大量の高温燃焼ガスが発生します。発生した大量の燃焼ガスは、タービンをまわした後に発動機後方の噴出口から高速噴射します。これで大きな推進力を得る仕組みです」

種子島中佐は日本におけるガスタービン研究の先駆者だ。設計図を見れば、ものになるかどうかを判断できる。

設計図を丹念にチェックしてから問題点をあげた。

「燃焼室内で高温高圧の燃焼ガスを二度も折り返すのか。その後でタービンをまわすのだな」

日本では、まだ高温高圧に耐える高性能の耐熱鋼は製造できない。高温の燃焼ガスを二度も折り返す燃焼室が作れるのか。種子島中佐は、ここに多くの問題が含まれていると推測したようだ。

「ターボジェット発動機は未体験の分野だ。だから、この設計図にしたがって試作機を製造し運転すれば、ターボジェット発動機にどんな問題が含まれているか、浮き彫りになるかもしれないな」

　加藤技師は身を乗り出して話す。

「工場長、実用化が可能かどうかは実際に製造し、試験しなければなんとも言えません。試作機の製造は、特別な予算を必要とするほど大掛かりではありません。試作機を製造させて下さい」

　種子島中佐は熱心に話す加藤技師に、自分と同じ臭いを感じたのだろう、設計図をもう一度、丹念にチェックしてから答えた。

「試作機なら本来の業務に支障を来さないで製造できるだろう。それに、この試作機でターボジェット発動機の試験を行えば、根本的な問題点が明確になるかもしれない。それだけでも試作機の製造は成功と言える。

　いいだろう。発動機部長には頃合いを見て、私のほうから話すようにする」

「ありがとうございます。試作機は排気タービン過給機の研究に合わせて製造します」

　田丸技師も自分の考えを述べた。

「空気を燃焼室に送るのなら、外部に送風機を動かす発動機を置けばいいと思う。構造は複雑になるが、そうすればタービンは不要になる。それに、燃焼ガスはタービンをまわす必要がないから推進力は大きくなる」

　種子島中佐が言う。

「ターボジェット発動機の実現にはいくつか方式があるな。よかろう。加藤君は、自分が設計したこの図面にしたがって試作機を製造したまえ。田丸君は、自分の考えを具体化させる設計図を書け。二人の考えは、どちらも実現の可能性があるように思う」

　加藤技師は通常業務の合間をぬって、排気タービンの技術を応用した純日本製ターボジェット発動機の製造に取りかかった。

　試作機とはいえ、ターボジェット発動機は圧縮機でも外径五五センチ、全長一メートル八〇センチの大きさがある。計算による推力は、三〇〇キロに達する大がかりなものであった。

　二年後の昭和一五年秋、加藤技師がいつものように実験結果を種子島中佐へ報告した。

「推力は二五〇キロを計測しましたが、空気圧縮機の扇車が破損しました。それに、今度もタービン噴出口が熱による歪《ゆが》みでブレードに触れる不具合が起きました」

　種子島中佐は加藤大尉の話を聞き終えると、決断を口にした。

「加藤君と田丸君は、一つの目標に向かって研究を続けてきた。二人の研究によって、ターボジェット発動機は二年の間に実用化に向け、大きく前進した」

　田丸技師の研究も、東京瓦斯電気製の空冷式一一〇馬力航空機用発動機『初風』で軸流式送風機をまわし、燃焼室に燃料を噴射する方式の発動機を製造し実験を繰り返していた。

　この方式はタービンを必要としない。推力は大きいが、いまだ解決できない多くの問題を抱え、実用化は難しいと見られていた。

　種子島中佐が言う。

「二人の研究成果を見ると、もはやターボジェット発動機の研究は、個人ではなく組織として進める時期に入ったように思える。

　加藤君と田丸君の研究成果をもとに、両者の優れた技術を活用した新たなターボジェット発動機を研究すべきかもしれない。これまでの研究成果をまとめ、新たな組織でターボジェット発動機の早期実用化に取り組む」

種子島中佐の考えは和田空技廠長の承認が得られ、ただちに実行に移された。

種子島中佐は自らが研究主任となり、永野治造兵少佐を班長に加藤技師、田丸技師、曽根技師、川田技師などの精鋭を配置し、ジェット推進を研究する専門の研究班を立ち上げた。

研究班が掲げた第一目標は、ベンチテストに成功した、後にＴＲ一〇と呼ばれるターボジェット発動機の早期実用化である。加藤技師が中心となって進めているターボジェット発動機の研究は、実験を繰り返しながら、問題を一つひとつ解決していく状況にあった。

鶴野大尉はひと通りの説明を終え、最後につけ加えた。

「まもなく監督官としてドイツに四年間勤務した熊沢俊一造兵中佐が、航空技術廠に戻って来る。ドイツの状況が、より詳しくわかるだろう。そのとき海軍の上層部がどう判断するか、俺はそれを見守りたい」

宗川は鶴野大尉の話を肝に銘じ、Ｙ20の仕事を主としながらも、種子島中佐の研究に注目する決意を固めた。

3

宗川は配属されたその日から鶴野大尉の指示を受け、Ｙ20の強度計算作業に取りかかった。仕事を進めるうえでは、機関学校で勉強した知識が大いに役立った。

一三試艦爆の設計では主翼、尾翼、胴体、風防を数式で表す数学的整形法を採用し、設計効率が大幅に向上した。

宗川は数学が得意である。数学的整形法を参考に、機体強度を確保するのに必要な材料の種類や厚み、太さ、大きさなどをあらかじめ計算する方法を取り入れた。これにより機材重量と機体強度のバランスが保たれ、設計のやり直しが大幅に減少した。

鶴野大尉の班には、一〇人ほどの工業高校出身の技手が配属されている。宗川は技手たちと一緒に、連日遅くまでタイガー計算機をまわして強度計算を行った。

宗川が飛行機部配属となって一週間が過ぎた。仕事は多くの工夫によって順調に進んでいる。

鶴野大尉は宗川の仕事ぶりを見て言った。

「もはやY20の仕事で、俺が出る幕はない。これからはY20の仕事全般をお前に任せる。俺は、これから前翼型航空機の研究に没頭する。

どうしてもというときだけ声をかけるようにしろ。いいな。お前なら失敗せずに仕事ができる」

「了解しました。鶴野さんと離れた場所で仕事をするわけではないので、業務上なにも支障はありません。どうしてもわからないときは、すぐに声をかけます」

この頃になると、お互いに役職名や階級名ではなく、さんづけで呼ぶのが普通になった。空技廠の自由な雰囲気がそうさせたのかもしれない。

四月も下旬になるとY20の設計も山場を越え、試作機の製造に重点が移ってきた。宗川にも時間的余裕が生まれるようになった。

宗川は時間を見つけては、鶴野大尉の研究に協力する。宗川の作業は前翼型機の模型造りである。

五月に入ると、宗川の仕事は前翼型機の模型をゴム鉄砲で飛ばし、データを集めることが主となった。

「これまで二〇機以上の模型を作ったな。模型は一つひとつ形状を少しずつ変えた。模型造りは大変だったが、データがどの模型で得られたものか、間違わずに記録するのも大変だ」

研究作業はＹ20の仕事と比べ、はるかに地味である。しかも苦労して得たデータの大半は役に立たないのだ。それでも宗川は、未知の世界を切り開くとの意気込みで研究作業に取り組んだ。

宗川が模型での実験をしていると、鶴野大尉が近づいてきた。

「どうだ、今度の模型は安定した飛行を見せただろう」

宗川は満足そうな表情で答えた。

「ええ、予想通りに飛びました。これで飛行機の重心位置、前尾翼、主翼の位置関係が解明されましたね」

「模型の飛行は正常だった。前翼型機のほうが主翼の安定モーメントが大きくなることが確かめられた。ただ、これは釣り合いの条件であって、重心と前翼の位置関係がすべて解明されたわけではない。まだ模型での実験が必要だ。

それに実機製造の前に実機と同じ大きさの滑空機を作って、いくつか実験をしないと、前翼型機の設計には入れない。前翼型機の実現まで遠い道のりだが、頑張ってくれ」

鶴野大尉の研究は、模型を飛ばして前翼型機の飛行特性を調べている段階にある。実物大の模型では実際に人を乗せる実験となるので、理論を実証できる確実なデータが必要だ。宗川は、前翼型機の実用化はまだまだだと感じた。

「ところで、四月一〇日に熊沢中佐が帰国し、空技廠へ復帰したのは知っているな」

「もちろん、知っています。熊沢中佐は帰国しても休むことなく、空技廠や航空本部、さらには軍令部を走りまわっていると聞きました」

鶴野大尉には熊沢中佐の苦労が他人事《ひとごと》とは思え

なかった。

「熊沢中佐の苦労は身に染みてわかる。熊沢中佐は昭和一四年に初飛行したハインケル社のHe178ジェット機を目撃し、その先進性、素晴らしさを海軍上層部に説明してまわった。しかし、航空本部や軍令部のお偉方は話を聞いても、今のところなんの反応も示さない。

この状況は、種子島中佐が帰国したときとまったく同じだ。海軍上層部は相変わらず新技術に冷淡なのかもしれない。

いや、冷淡というより新技術を理解できないのだろう。だから、反応したくても何をどう考えるべきかわからず、反応できないのかもしれない。

種子島中佐は海軍上層部の反応のなさに強い危機感を覚えたようだ。種子島中佐は熊沢中佐に、ドイツで入手したターボジェットに関する話を研究班全員に聞かせるよう求めた。

宗川、来週日曜日の一〇日に、熊沢中佐が研究班員へハインケル社のジェット機について説明する。日曜日だが説明会に出席し、ドイツの技術を吸収するようにしろ」

「日曜日のほうがY20の仕事が少なくて好都合です。必ず出席します」

「俺も熊沢中佐の話を楽しみにしている」

五月一〇日は絶好の日和であった。宗川は鶴野大尉と一緒に熊沢中佐の話を聞いた。

熊沢中佐の話が始まった。初めの一〇分は科学の国ドイツの紹介で軍政、工作機械、工業規模や技術水準など、日本が見習うべき内容だった。

ハインケル社のHe178ジェット機の話になった。

「昭和一四年の末頃に私はベルリンの北方、バルト海の入り口近くのリューベック湾ロストック近郊を自動車で走っていた」

昭和一四年末、ポーランドはドイツ軍の占領下にあり、治安が安定した頃である。日本人が自動車でバルト海沿岸の道路を走っても咎《とが》められることはなかったという。

熊沢中佐は一呼吸置き、ジェット機に出会ったときについて語った。

「昼頃だったと思う。いきなり聞いたこともない轟音とともに小型の飛行機が現れた。ロストック近郊には飛行場に隣接してハインケル社のマリーエンエーエ工場がある。その飛行場を飛び立った。

私は目で飛行機を追った。驚いたことに、飛行機にはプロペラがなかった。しかも高速でバルト海方面へ飛び去ったのだ」

熊沢中佐は、ジェット機に大きな衝撃を受けたようだ。当時を思い出すように話す。

「私は、プロペラのない飛行機について調べた。そしてそれが、ハインケル社のジェット機だとわかった。

私はジェット機の詳細を知ろうとハインケル社を訪ねた。当然、ハインケル社は航空省の許可が必要だと言う。私はベルリンに戻り、日本大使館の協力を得ながらドイツ航空省と何度も交渉を重ねた。

昭和一五年の二月になって、ようやく航空省技術局長のエルンスト・ウーデット中将と面会できた。私は、ウーデット中将へアジアの情勢や日本の状況などを丁寧に説明した。

そして、ようやく春にウーデット中将からハインケル社を訪問してもよいとの許可をもらった。もちろんハインケル社訪問の許可は、ドイツ航空省の随員が同行するという条件でおりたものだ」

ウーデット中将は、第一次世界大戦におけるドイツ空軍戦闘機パイロットのエースとして知られている。知的で理性的な人物だという。

日本大使館は熊沢中佐の要望を、日本政府の要望にすり替えてウーデット中将と交渉した。ウーデット中将は、日本政府の要望ならとハインケル社の訪問を許可したようだ。

「私の訪問に対し、ハインケル社はジェット機開発の技術者が対応してくれた。私は、まずプロペラがないことを不思議に思い、素直に飛行機の動力について聞いた。

ハインケル社の技術者は、飛行機の動力はターボジェット発動機だと答えた。ターボジェット機は通常の戦闘機と同じ程度の大きさだが、時速七〇〇キロ以上で飛行できる画期的な飛行機だとも説明した」

「時速七〇〇キロ以上か」

研究班の一人がため息まじりに口にした。

「その後、私はターボジェット機の優れている点など、いくつか質問をした。ハインケル社の技術者は、燃料が灯油ですむ、高空でも出力が低下しない、ピストンの往復運動がないため振動が少ない、プロペラのトルクを無視できるので機体設計がやりやすいなど、多くの特徴を説明した」

研究班の誰かが聞いた。

「ターボジェット発動機の実物は見ましたか」

「私は、ジェット機がそれほど優れているなら、是非ともターボジェット発動機を見せてほしいと要求した。同伴していたドイツ航空省の役人は、発動機に近づかないならと見学を許した。

ただ、数メートル離れた位置からしかターボジェット発動機を見られなかった」

熊沢中佐は一冊のノートを取り出し、なかほどの頁を開いた。

「これが、そのときに見たターボジェット発動機のスケッチだ。少し離れた場所から見たものを記憶し、ホテルに戻ってから描いたものだ。だから内容は正確とはいえず、完全なものではない。詳細部分は不明である。

推測であるが、ターボジェット発動機の大きさは直径が一メートルほど、長さは直径の二倍程度、二メートル前後だと思う。

ターボジェット発動機について、私が話せるのはこの程度だ。どうかな、こんな情報でも役に立つかな」

種子島中佐はノートのスケッチを見ながら、推測をまじえて言った。

「スケッチから、発動機はラムジェットでもパルスジェットでもないとわかる。空気を発動機へ送る送風機をまわす外部の発動機もついていないから、発動機ジェットでもない。形はターボジェット発動機の特徴を示している。

やはりこれは、燃焼ガスでタービンをまわし、その力で発動機前部の空気圧縮装置を動かすターボジェット発動機だ。スケッチを参考に、自分なりのターボジェット発動機の構造を考えてみた。

まず発動機前部の圧縮機で空気を圧縮して燃焼室へ送る。そこへ霧状になった燃料を噴射して着火する。そして、燃焼ガスでタービンをまわし、軸で繋がっている前部の圧縮機を回転させる。こんな構造になる。

私の考える構造だとすれば、ターボジェット発動機は圧縮装置の違いによって二種類に分かれる。遠心式圧縮機と軸流式圧縮機だ。

加藤君は、遠心式圧縮機のターボジェット発動機を研究している。田丸君は、外部の発動機で軸流式の送風機を動かす研究を続けてきた。このスケッチを見てどう考えるか、二人の意見を聞かせてくれないか」

ターボジェット発動機は発動機への空気流入量

によって、推力や熱効率が大きく左右される。空気流入量が多ければ、推力が増大することは実験でわかっている。空気の圧縮比が高くなれば空気流入量も多くなる。

このような実験結果から、研究班は一六段の軸流圧縮機を試作し、いくつかの実験を繰り返した経緯がある。

軸流圧縮機に詳しい田丸技師が意見を述べた。

「発動機の直径と長さから推測すると、発動機の前部は扇を何台も並べて回転させ、空気を圧縮する方式の軸流圧縮機だと思う。

七段や八段の圧縮機になれば、長さは少なく見積もっても三メートル以上になるはずだ。だからこれは軸流圧縮機といっても、扇で風を送る送風機と考えるべきでしょう」

ついで加藤技師が発言した。

「長さに比べて発動機の直径が大きい。これは、遠心式圧縮機を持つターボジェット発動機の特徴だ。遠心式圧縮機は、技術的に排気タービン過給機と似ているところが多い。

初期の発動機開発は、技術的に未知の分野が少ない遠心式圧縮機で着手するのが、常識的だと思う。これは重要な点です」

二人が意見を述べると、皆がハインケル社のターボジェット発動機の構造を推測した。

議論は数時間、続いた。とうとう種子島中佐が結論を出すように言った。

「みんなの意見をまとめると、ハインケル社のターボジェット発動機は、前部の圧縮機、中央の燃焼室、タービン部、噴出口から構成されている。違いは圧縮機の構造のようだ。

圧縮機は、加藤君が研究を進めてきた遠心式、田丸君が研究を続けてきた軸流式、そのいずれかと推測できる。つまり、我々の研究は間違ってはいなかったのだ」

誰もが納得するようにうなずいた。

種子島中佐が熊沢中佐に向かって言った。

「熊沢中佐、貴重な情報に感謝する。ハインケル社のジェット機によって、我々の研究方針は間違っていなかったとわかった。この情報をもとに、これまでの試作機を改良すべきか、新しく設計からやり直すべきか研究班で検討する。

いずれにしても、ターボジェット発動機は思ったより早く実用化できそうだ」

熊沢中佐は種子島中佐の手を握って言った。

「そう言ってもらえると嬉しい。私は一日も早いターボジェット発動機の実用化を望んでいる」

種子島中佐も熊沢中佐の手を強く握り返した。

「これから研究班はこの情報を参考に、ターボジェット発動機の実用化に邁進する。これからも研究班の支援をよろしく頼む」

熊沢中佐は、やっと自分の仕事が役に立ったと涙ぐんだ。

一〇日後、宗川が模型で収集した前翼型機のデータを整理していると、珍しく鶴野大尉が話しかけてきた。

「宗川、和田廠長が種子島中佐のターボジェット発動機開発計画を承認したようだ。

どうやら、加藤技師が研究していた遠心式圧縮機の発動機は改良を進め、しかも新しく軸流式圧縮機の発動機を開発する二本立てらしい。二つの発動機は、遠心式をTR一〇、新しい軸流式をTR二〇の名称で呼ぶようだ」

「発動機ジェットの開発はやめて、新しく軸流式圧縮機の発動機を試作する。種子島中佐は、そのほうが短期間でターボジェット発動機を開発できると判断したのですね」

宗川は、ターボジェットに絞って開発する方針を賢明な判断だと思った。

「ところで、TR一〇とTR二〇はどういう意味の名前ですか」

「TRはタービンロケット、一〇は一〇〇〇馬力級、二〇は二〇〇〇馬力級に相当する出力を意味するそうだ。だから、TR二〇は二〇〇〇馬力級の発動機に相当する出力のタービンロケットを意味する」

研究班の動きに関する話が終わると、鶴野大尉の表情が真剣になった。

「ところで宗川、俺は六月一日に霞ヶ浦海軍航空隊へ入隊する」

「飛行操縦士の資格取得ですね」

宗川も、設計技術士官の操縦士資格取得計画の噂は聞いていた。

この頃、航空本部技術部長多田力三機関少将の提案により、飛行機設計技術士官に飛行機操縦を習得させ、飛行機設計者としてさらなる能力向上を図る計画が進んでいた。

五月二〇日、鶴野造兵大尉と安田忠雄造兵大尉の二名に『霞ヶ浦海軍航空隊付を命ず』の辞令が出た。飛行学校への入隊は六月一日である。

「操縦訓練は一年の予定だ。俺が操縦訓練を受けている間に、お前は前翼型機の模型での実験を終え、滑空機での実験を進めておいてほしい」

「鶴野大尉が訓練を受けている間、自分は可能な限り前翼型機の研究を進めておきます。鶴野さんが戻って来る頃は、滑空機での実験に取り組んでいると思います」

鶴野大尉は安心した表情で答えた。

「飛行機部の小谷敏夫大尉、科学部の北野多喜雄技師に協力を頼んでおいた。設計主任の山名正夫少佐も前翼型機に理解を示している。

それと、もう一つ頼みたい。ジェット推進研究班の動きから目を離すな。前翼型機はターボジェット発動機の開発状況に大きな影響を受ける。いいか、頼んだぞ」

「とにかく、やれるだけやってみます。特に、ターボジェット発動機の開発進捗状況は常に把握するようにします」

宗川は鶴野大尉が飛行操縦士の訓練を受けている間、前翼型機の研究を引き継ぐことになった。それからの宗川は、Y20の仕事と前翼型飛行機の模型飛行実験に明け暮れる日々を送った。

4

五月二九日は木曜日だった。宗川は大きく背伸びをした。

「これでY20の設計は完了だ」

宗川は、一トン爆弾を積んでの急降下速度を時速六五〇キロに抑えるY20の空気抵抗板の強度計算を終えたところであった。

空気抵抗板は強度計算を間違えると、機体に致命的なダメージを与えかねない。宗川は空気抵抗板の強度を慎重に計算し、強度が確保されているか確認を終えた。

宗川は、もう一度計算書を目で追いながらつぶやいた。

「この空気抵抗板は、一三試艦爆で考案された構造を応用したものだ。飛行時はフラップと主翼の間の隙間をふさぎ、フラップ下げでは主翼とフラップ間の大きな空気流路を作り、急降下のときは抵抗板の働きをする。これは本当に画期的な空気抵抗板だな」

一三試艦爆は敵機を上回る航続距離、急速な接敵を果たす巡航速度、敵戦闘機の防御を突破できる最高速度という理想的な艦爆の実現を目指した。新しい試みや工夫が随所に見られる。

設計の数学的整形法のみならず、脚、フラップ、空気抵抗板、爆弾扉等も新しく電動式を開発し、採用している。

宗川は設計図を見つめながら思った。

「この空気抵抗板は主翼のねじり剛性低下を防止し、フラップ下げ状態での浮力を増大させる。翼内燃料容積を最大限に確保し、飛行時の空気抵抗の増加を防止するといった効果を生んでいる。

Ｙ20は一三試艦爆で確立した最新技術を踏襲しているから、設計前の新技術に対する実験や試験は不要だった。これが設計期間を減少させた大きな要因だ。

凄いな、一三試艦爆の設計陣は。その一三試艦爆の設計陣全員がＹ20の設計に携わり、さらに改良を加えている。Ｙ20の設計に不備がないのも納得できる」

Ｙ20は名称こそ艦上爆撃機だが双発機である。空母での運用は初めから想定されておらず、陸上機としての運用を想定し設計している。

「これからのＹ20の仕事は、設計不備が見つかり手直しが必要になったときだけだ。設計陣を考えれば、おそらく設計不備はないと思う」

宗川は前翼型機の研究作業に没頭しなければと肝に銘じた。

五月三〇日、宗川は設計図と強度計算書を持って、Ｙ20設計主務者の山名少佐に強度計算の終了を報告した。

六月に入ると、宗川は前翼型機の模型実験に集中する日々となった。ただ、一日に一回はジェット研究班へ顔を出すことも日課だった。

宗川は模型の形を少しずつ変えて実験を繰り返した。

一カ月ほどが過ぎ、主翼と胴体に問題はないと判断し、前翼の実験に焦点を移した。

七月初旬、前翼を何通りか変えた模型実験の結果を整理していると、前翼は普通の飛行機の水平尾翼と働きが異なることに気がついた。

「前翼は単に尾翼を胴体の前に持ってきただけではないのか。通常の水平尾翼は、水平安定板と昇降舵からなっており、本質的に飛行機の揚力には関係しない。機体を空中で支えるのは主翼の役目だ。

だから、主翼の揚力中心と機体の重心は同一垂直線上になければならない。実際には、それだけではうまくいかない。垂直尾翼をつけて釣り合いを取っている。

前翼型機は、前翼にも機体を支える揚力を持たせれば、どうなるだろうか。機体の釣り合いを取れば、実験はうまくいくかもしれない。

明日からは前翼にスロット、親子下げ翼と昇降舵をつけた実験を行おう」

宗川は実験のイメージを浮かべながら、頭を集中させて前翼の改良を考える。

「通常の尾翼の昇降舵、方向舵、補助舵は羽布張りだが、前翼型機は羽布張りではもたない。模型は木製だが、実機はすべてジュラルミン製としなければならないだろう」

宗川は実験ノートに前翼の注意点として材料も書き加えた。そして、次の実験に期待を膨らませた。

翌日の実験で、改良した前翼の模型は計算通りに飛行した。

「これで飛行機の重心位置と前翼の位置関係を解明する手がかりをつかんだ。方針は間違っていない。あとは少しずつ前翼の形を変えて実験し、重心位置と前翼の位置関係を解明するだけだ」

宗川は前翼を手直しして実験を繰り返した。

七月下旬、ようやく前翼の形が見えてきた。模型の実験はすべてが予想通りに推移し、収集したデータも満足できる数値であった。

「よし、これで飛行機の重心位置と前翼の位置関係を解明できるぞ」

宗川は実験結果に心をはずませながら、日課となっているジェット推進研究班の部屋に入った。永野少佐がTR二〇について研究班員に説明しているところだった。

宗川もガリ版刷りの資料をもらって説明を聞いた。永野少佐がTR二〇の全体像を説明する。

「TR二〇の要目性能である。発動機の大きさは全長三〇〇〇ミリ、直径六二〇ミリ、重量四五〇キログラム。空気圧縮機は八段の軸流式、最大回転数は毎分一万一〇〇〇回転、圧縮比三・〇、空気流量は毎秒一四・八キログラム。このときの性能は燃焼ガス温度摂氏七〇〇度、推力四七五キログラムとなる」

説明を聞いて、宗川はTR二〇の設計図が完成したことを知った。

「なんと二カ月でTR二〇の設計を終えたのか。永野少佐は天才かもしれないが、それにしても二カ月で未経験のターボジェット発動機の設計を終えるとはな」

宗川は驚きを隠せなかった。

「前翼型機の研究も負けていられないぞ。模型によるこれまでの実験で、前翼型機の問題は解決した。あと数回実験し、データを整理して提出すれば、実機と同じ大きさの滑空機製造の許可が下りるだろう」

八月上旬、宗川は模型による最終実験を行い報告書にまとめた。

「これでよしと」

報告書を持って、小谷大尉と北野技師、それに山名少佐へ実験結果を報告した。

「前翼型機を設計するのに必要なデータが揃いました。あとは滑空機を製造し、問題がないか確認するだけです」

宗川は滑空機製造の必要性を訴えた。山名少佐は納得したような表情で言った。

「わかった。データを見れば実験結果が正しいとわかる。これから一緒に飛行機部長のところへ行こう」

宗川は山名少佐と飛行機部長室に入った。飛行機部長は、杉本少将から佐波次郎少将に代わっている。

前翼型機はとにかく斬新奇抜である。宗川は前翼型機の空力的特性について、理論のみならず模型での実験結果を踏まえて説明した。そして最後に言った。

「実用性からも根本的に研究する必要があります。そのためには、前翼型の優秀性を動力付き実物大模型の滑空機で実証すべきと考えます。どうか、滑空機製造の許可をお願いします」

山名少佐も口添えをしてくれた。すると、佐波少将が意外なことを口にした。

「私は日頃から、現実にとらわれず思い切って新しい研究に取り組んでほしいと言ってきた。無尾翼とか羽ばたき式とか、飛行機には未開発の分野がいくらでもあるのだ。

我が国は重大な局面に立たされている。優秀機の早急なる実用化が急務なのは明白である。

前翼型機は斬新奇抜であるが、欧米の研究でもエンテ式航空機は空力的特性が優れているとの報告がいくつもあがっている。

よかろう。滑空機で前翼型機の優秀性を実証し、一日も早く優秀機を実現してほしい」

佐波少将は滑空機の製造をあっさり許可した。

「滑空機の製造許可が下りた。一日も早く滑空機を設計しなければ」

宗川は山本技師、河村技手らの協力を得て、ジェット推進研究班の部屋には顔を見せず、一心不乱で滑空機の設計に打ち込んだ。

九月末、動力をつけない滑空機の設計図が出来上がった。

宗川は設計図を何度もチェックし、不備がないことを確認した。そして、滑空機二機をヨット製造会社の茅ヶ崎製作所へ発注した。

宗川は前翼型機の仕事が一段落したので、久しぶりにジェット推進研究班の部屋に入った。

「えっ、もうターボジェット発動機を組み立てているのか」

ジェット推進研究班は二カ月でターボジェット発動機を設計し、一カ月で部品を製造したのだ。

宗川は組み立て作業を見ながら思った。

「ジェット推進研究班は凄いな。驚異的な速さで仕事を進めている」

宗川は滑空機の設計作業の間、ジェット推進研究班の動きから目をそらしていた。その間にジェット推進研究班は、TR二〇の組み立て作業まで進んでいたのだ。

宗川は手を抜くことの怖さを知り、再び毎日のようにジェット推進研究班の部屋を訪れるようにした。

半月が過ぎた頃、ジェット推進研究班はTR二〇の組み立て作業を終え、試運転の準備作業に入った。TR二〇の起動は、地上電源によって三馬力の電気モーターで動かす方式だ。

まず、電気モーターでゆっくりとTR二〇を動かし、異常がないかを確認する。異常がなければ少しずつ回転数を上げていく。燃料は供給されず、TR二〇が単独で動くことはない。

この時点で、ベアリングなどいくつかの部品で不具合が見つかった。

ターボジェット発動機の開発は初めてなのだ。未知の分野が多くある。部品の不具合も調整のみですめばいいが、重大な不具合は部品設計を一からやり直す必要さえ出てくる。

一一月下旬、宗川がジェット推進研究班の部屋に入ったとき、試運転前にも関わらず、黒板に多くの重大な問題点が書きつらねてあった。

「試運転を前に、TR二〇の開発作業はもたもた感が漂い始めたな」

宗川はターボジェット発動機開発の難しさを感じ取った。これは前翼型機にも当てはまることだ。

ジェット推進研究班の部屋から戻ると、設計主任の山名少佐から、飛行実験部の艦爆主務者の高岡迪《すすむ》大尉を訪ねるようにとの伝言を受け取った。

宗川はその足で高岡大尉を訪ねた。

「飛行機部の宗川少尉か。山名少佐からの頼まれごとだ。総務部から茅ヶ崎製作所で滑空機二機が完成し、木更津飛行場へ届けるとの連絡を受けた。見ての通り追浜《おっぱま》飛行場は新型機の試験飛行で満杯だ。だから、滑空機の試験飛行は木更津基地でやるしかないようだ」

高岡大尉は、この八月に空母『蒼龍』の艦爆分隊長から空技廠へ異動してきた。

飛行実験部の戦闘機担当者は各種戦闘機の飛行特性を調べる仕事で忙しく、前翼型機の滑空飛行などにつき合っていられないというのが実情のようだ。そのため山名少佐は、艦爆担当の高岡大尉に頼み込んだらしい。

高岡大尉は昭和一五年一一月から始まった『彗星』艦爆の試験飛行を小牧大尉から引き継いだ。今年に入り、彗星艦爆の試験飛行は一段落した。

高岡大尉は、将来の主力機になる可能性を秘めた前翼型機ならばと、滑空機の飛行実験を引き受けたのだ。

そのとき、一機の双発機が飛び立って行った。

「Y20だ！」

宗川が思わず口走ると高岡大尉が答えた。

「あれは銀河だ。銀河は凄い性能だ」

高岡大尉は飛行実験部で、彗星と銀河の主務担当者になっている。

高岡大尉は、Y20は安定性、操縦性、飛行性能いずれも満足できるが、発動機の不具合に悩まされ続けていると話した。

Y20の発動機は中島飛行機の新型一八二〇馬力の『誉《ほまれ》』である。海軍は一一月初めに中島飛行機に対し、銀河を月産一〇〇機の割合で量産するよう発注したという。

高岡大尉が厳しい表情で言った。

「宗川少尉、貴様は前翼型機の研究を進めているらしいな。それなら零戦など足元にも及ばない性能の前翼型の戦闘機を作ってくれ。そのためなら俺は協力を惜しまない」

一二月初め、宗川は高岡大尉、飛行実験部の下士官搭乗員とともに、ランチで東京湾を横切り木更津基地へ向かった。

高岡大尉が前翼型機をひと目見るなり言う。

「これが前翼型機か。前と後ろがまるで逆だな」

滑空機は胴体の長さ九・七メートル、胴体の後方に幅一一メートルの主翼、胴体の先端近くに幅三・八メートルの前翼がついている。骨組、胴体、主翼、尾翼のすべてが水分を抜いた薄い木の板を数枚重ね、樹脂を染み込ませた材料でできている。機体は非常に軽くて丈夫で十分な強度がある。

初めは自動車で滑空機を曳航《えいこう》する試験飛行だ。

「どうした。離陸しないぞ」

自動車で曳航するが、滑空機は離陸せず地上を走るだけだ。

「あれは飛行機ではない、歩行機だ」

そんなヤジが飛んだ。

宗川は原因を追究し、フックの位置などいくつか調整した。すると、滑空機は自動車に曳航されて見事に離陸した。

「滑空機の設計に間違いはなかった。これから、どれだけ安定した飛行を見せるかだ」

成功したのは、あくまでも地上を走る自動車に曳航された飛行のみである。次は航空機が滑空機を曳航し、空中高く舞い上がる試験となる。その前に自動車曳航による試験が続く。

一二月八日午前、自動車曳航の最後の試験となった。

「いいぞ。安定した飛行ぶりだ。これで明日からは、九七式艦攻で空中へ曳航する試験に入れる」

自動車曳航による飛行データは完璧だった。

食堂で昼食をとっていると、ラジオから日米開戦を告げる臨時ニュースが流れた。一瞬、誰もが箸をとめ、身体を硬直させた。

誰も何も言わない。箸を動かさず、ただ無口でラジオ放送を聞いている。

とうとうやったか。そんな表情である。

宗川の脳裏にも大きな不安が広がった。

「米国と戦争になった。これは大変だ。一日も早く前翼型機を完成させなければ」

ＴＲ二〇の開発状況も気になるが、宗川は木更津基地に常駐し、試験飛行で明らかになる滑空機の問題解決を優先すべきと考えた。

九日午前、この日の試験飛行は九七式艦攻が滑空機を曳航する有人飛行である。九七式艦攻は高度一〇〇〇メートルで滑空機を切り離す。あとは滑空機が単独で滑空しながら飛行場へ戻る。

「宗川少尉、今日は俺が滑空機に乗る」

なんと高岡大尉が、自ら滑空機に乗り込むと言う。日米開戦になったことで、高岡大尉には決意がみなぎっているように見えた。

九七式艦攻を操縦するのは、高岡大尉が連れてきた飛行実験部の熟練搭乗員である。操縦員羽田義夫一飛曹、偵察員本村静夫二飛曹だ。二人は陸攻出身ながらも、単発の九七式艦攻の操縦と偵察もこなす技量の持ち主である。

「宗川少尉、俺を殺すなよ」

そう言って高岡大尉は滑空機に乗り込んだ。

宗川が手に汗を握って見守る。九七式艦攻に曳航されて滑空機が離陸した。

九七式艦攻は木更津飛行場を一周するように上昇する。上空一〇〇〇メートルに達したのか、滑空機が切り離された。

「大丈夫だ。滑空機は安定した滑空をしている」

九七式艦攻が着陸した。滑空機も飛行場を周回しながら高度を下げてくる。そして、滑空機は無事に飛行場へ着陸した。

宗川は滑空機に駆け寄った。

「宗川少尉、滑空機の操縦は癖もなく順調な飛行だったぞ」

「高岡大尉、ありがとうございました」

以後も試験飛行は順調に進んだ。

「この調子なら一月末までには、九七式艦攻の曳航による試験飛行を終えられるかもしれない。そうすれば、二月から動力のついた滑空機での試験飛行を始め、四月末までに滑空機での飛行試験を終えられる見通しも立つ」

鶴野大尉が戻って来るのは六月初めのはずだ。鶴野大尉との約束は十分果たせる。六月には前翼型機の実機設計に着手できるかもしれない」

宗川は試験飛行の順調な進捗に気をよくした。

その後も滑空機の有人試験飛行に問題はなく順

調であった。

　一二月二八日、日本軍の真珠湾攻撃から二〇日が過ぎた。滑空機の有人飛行は順調に進んでいた。ところが昼になって、木更津基地の司令から一週間の飛行場使用禁止命令が出た。

「そうか、南方で鹵獲《ろかく》した敵機を木更津飛行場でも受け入れるのか。それなら仕方ない」

　宗川は時間に余裕ができたため、その後の一週間を空技廠で過ごすことにした。

　二九日は月曜日だった。宗川は区切りがいいことを理由に、朝からジェット推進研究班の部屋に入った。もちろん、ＴＲ二〇開発の進捗状況を見るためだ。

「人が少ないな。最上技手、何かあったのか」

　宗川は、見覚えのあるＴＲ二〇の製図担当の技手に声をかけた。

「宗川少尉ではありませんか。木更津にいたのでは。今日からＴＲ二〇の試運転が始まるので、みんな実験場へ見学に行ったんですよ」

　最上技手が何かの数値を記入する用紙を整理しながら答えた。

　ＴＲ二〇の試運転は、当然ながら大量の燃焼ガスを噴流する。とても室内でできる実験ではない。最上技手によれば、二週間ほど前から試運転に備え、追浜飛行場近くの崖に横穴を掘って新しく実験場を造ったという。

「自分はこれから実験場へ行きますが、案内しましょうか」

「ああ、頼む」

　最上武彦技手は東京の物理学校を卒業して空技廠に入った。ＴＲ二〇の開発では、心臓部となる燃焼室の製図を担当していた。今は試験担当に変わったという。

　宗川は最上技手と一緒に、崖に掘られた横穴の実験場に入った。そこには三基のTR二〇が噴出口を横穴の表に向けて設置してあり、すでに実験が始まっていた。実験場内はTR二〇の運転音で話し声も聞こえない状況だった。

試運転は永野少佐が陣頭に立ち、組み立てと運転を担当する広岡伸一技師、検査を担当する深田定彦技師が他の技師や大勢の技手と作業をしている。その周囲を大勢が取り巻き、試運転を見学していた。

最上技手が先ほど持っていた用紙を検査担当の技手たちに配った。用紙には回転数、空気流量、冷却風量、摩擦馬力、ガス温度、温度、ガス圧、軸馬力、燃料消費量、推力などの項目が並んでいた。

技手たちは計器の数値を読み取り、最上技手が渡した用紙に書き込んでいく。試運転は順調のようだ。

深田技師が宗川の姿を見て近寄ってきた。

「宗川少尉ではないか。TR二〇の状況が気になるのか」

宗川も騒音に負けぬように声を出した。

「TR二〇と前翼型機は密接な関係がある。TR二〇の開発状況がどうなっているか、知りたいのは当然だ」

「それはそうだ。では、俺から説明しようか」

「詳しく教えてくれ」

「見ての通り、TR二〇は一号機から三号機まで三基製造した。今日から三基のTR二〇を使って試運転を行う。

今日の予定は、電気モーターで発動機の回転を毎分四〇〇〇回転まで上げ、そこへ燃料を噴射して起動状況を確認する。つまり、起動がうまくいくかの試験だな」

宗川は遠慮なく聞く。

「これまでの動作確認で見つかったTR二〇の問

題点は」

「宗川少尉は機関学校出だから、ターボジェット発動機についても専門的な知識を持っているはずだ。だから、要点だけを話す。

　試運転前の動作確認でベアリングや圧縮翼、タービン翼など一〇〇項目近い問題が見つかった。その中には、部品設計からやり直す必要のある重大な問題もあった。

　特に圧縮翼とタービン翼の問題は深刻だった。あのときは誰もが試運転開始前にも関わらず、ＴＲ二〇の開発に暗雲が立ち込めたと思ったのではないかな。

　その状況を見て、発動機部長の松笠潔機関少将は焦りを感じたのだと思う。ジェット推進研究班員を集めて訓示した。

　すでに日本は米国と戦争状態にある。米国の工業力を考えれば、ＴＲ二〇の開発をこれ以上遅らせるわけにはいかない。諸君のさらなる努力を願うと発破をかけたんだ。

　けれど、発破をかけられるまでもない。自分を含め研究班員は、全員が昼夜を問わずＴＲ二〇の問題解決にあたっていたんだから」

「それで、問題の解決状況は」

「圧縮翼、タービン翼は牧浦少佐が中心に、ベアリングや燃焼室などの問題は永野少佐が中心になって、何がまずいのか実験を繰り返し、ようやく解決をみた。

　牧浦少佐、永野少佐、この二人の造兵少佐の超人的な働きぶりによって、すべての問題は電光石火のごとく解決したように思える。

　これまでの問題は確実に解決し、動作確認を行ったからこそ、今日から試運転を始められるようになったのだ」

　宗川は、ジェット推進研究班の頑張りは賞賛に値すると思った。

　そのとき、聞き覚えのある声が聞こえた。

「ＴＲ二〇は順調に動いているようだな」

　種子島中佐の声だ。永野少佐が答えた。

「試運転は始まったばかりです。試運転が進めば、どんな不具合が発生するか見当もつきません」

「ターボジェット発動機は未知の分野だ。焦らず実験を進めてくれ」

　そう言って種子島中佐は実験場を後にした。

　宗川も試運転の邪魔にならないよう、早々に実験場を引きあげた。

　昭和一六年も二日を残すのみである。ＴＲ二〇の開発は、ようやく試運転開始まで漕ぎつけた。ジェット推進研究班にとってターボジェット発動機は未知の発動機だ。開発作業は順調に進んでいるといえる。

　昭和一七年一月に、ジェット推進研究班は正式に空技廠発動機部第二科となった。

第3章　技術者操縦士

1

昭和一七年になったが正月休みは誰にもない。

宗川は元旦の朝を木更津基地で迎えた。基地でおせち料理が出るはずはない。宗川は元日のみを休日にあて、皆と一緒にひと切れの汁粉と一合の日本酒で新年を祝い、一日を過ごした。

翌日からは、再び有人による滑空機の飛行試験である。羽田一飛曹、本村二飛曹の卓越な操縦で滑空機による試験は順調に予定を消化していった。

一月下旬になると木更津基地に、南方で鹵獲《ろかく》したカーチスP40、バッファロー戦闘機、ハリケーン戦闘機、それに四発のボーイングB17爆撃機まで運ばれてきた。

追浜飛行場は新型機の試験飛行に加え、鹵獲した米英の航空機で満杯になり余裕がなくなった。そこから溢れた航空機が木更津基地へ運ばれてくるのだ。

木更津基地はこうした事態を想定し、年末に飛行場の整理を行った。そのため滑空機の有人飛行には支障がなかった。

試験飛行で見つかった改良点はただちに滑空機を改修し、試験飛行を行って効果を確認する。試験飛行は順調であった。

二月中旬、有人による滑空機の試験飛行が予定通り終了した。この後は滑空機に動力を取りつけ、単独で離着陸を行う飛行試験となる。

三月初め、宗川たちは整備員の力を借りながら、滑空機の操縦席後方に二二馬力の日本内燃機製の『せみ』一一型を取りつけた。

滑空機は、もともと実機と同じように操縦席後方に発動機を搭載する設計になっている。せみの取りつけは大変な作業ではなかった。

滑空機は発動機を取りつけたことによって重心の位置が変わり、全体の釣り合いが崩れた恐れがある。そこで滑空機は自らの力で地上滑走を行い、釣り合いの具合を見る。初めは羽田一飛曹による地上走行だ。

整備員がプロペラをまわす。一回目、二回目とも音を出すだけで発動機は回転しない。三度目で、ようやく発動機がまわり出した。

羽田一飛曹が発動機の回転を上げていく。

「名前の通り蝉が鳴いているような音がするな」

誰かがからかうように言ったが、整備員は蝉が鳴くような音は発動機の調子がいい証拠だと言う。

滑空機が滑走路へ向かう。

滑走を始めた。一〇〇メートルほどの滑走で前輪が浮いた。

「上げ舵が急すぎる」

滑空機の発動機は二二馬力に過ぎず、急上昇する力はない。羽田一飛曹は速度を落として離陸を中止した。滑空機がゆっくりと駐機場へ戻ってきた。

羽田一飛曹は滑空機を下りると報告する。

「初め滑走は順調でした。操縦桿を少し引くと前輪が浮き、それから急に上げ舵がきいて機体のバランスが崩れました。そこで離陸を諦め、戻ってきました」

宗川は羽田一飛曹の沈着冷静な態度を褒《ほ》めた。

「よく事故を起こさず戻ってこれたな。それがなによりも大事だ。原因はすぐにわかる。少し休んでいてくれ」

機体は思った以上に軽い。二二馬力の発動機といっても、滑空機を飛ばすだけなら十分な力である。バランスの崩れは想定内で、すぐに機体のバランスを整えた。

二度目の挑戦で危なげなく離陸した。滑空機は高度一〇〇メートル付近を東京湾へ向かい、大きな旋回で飛行場を一周して戻ってきた。

羽田一飛曹が報告する。

「滑空機は非常に安定して飛びました。安定性は九七式艦攻よりいいように感じました」

「ご苦労であった。今日はこれまでだ。部屋に入って休んでくれ」

宗川はひと安心した。

「これで前翼型機の機体は目星がついた。やはりターボジェット発動機のほうが気になる。開発状況はどうなっているのだろうか。

場合によっては、ピストン式の発動機を搭載してプロペラで飛ぶ必要があるかもしれない」

宗川は、ターボジェット発動機の開発状況を知りたかった。それでも動力付き滑空機での試験飛行が優先する。

今のところ、機体についてはすべてが順調に進捗している。宗川は予定通り、四月末までに動力付き滑空機での試験飛行を終了できると自信を深めた。


三一日の午前、翌朝九時に空技廠へ出頭するよう連絡が入った。

「なんだろう。空技廠の組織変更でもあるのかな」

宗川は四月一日午前九時に空技廠長室に出頭した。

「宗川少尉、前へ」

総務課の担当者が、和田中将の前へ出るよう促す。和田中将が辞令を読み上げた。

「宗川少尉、本日をもって機関中尉に任命する」

宗川は驚いた。機関少尉任官から丸一年で機関中尉に昇進したのだ。

宗川は久しぶりに自分の席に座った。辞令を見ると、日付は三月一六日になっていた。正式には、宗川は三月一六日に機関中尉に昇進していたのだ。

「まあ、よくある話だ」

宗川は日付の違いなど気にもならない。

午前一〇時に発動機部、飛行機部の士官、技師に招集がかかった。全員が会議室に集合すると、皆であれこれと雑談が始まった。

午前一〇時ちょうどに会議室の扉が開き、空技廠長の和田操中将が顔を見せた。

和田中将の話が始まった。

「諸君らは、ターボジェット機の将来性を十分に認識しているであろう。ターボジェット発動機を搭載した戦闘機は、これまでのプロペラ方式の戦闘機に比べ、時速二〇〇キロ以上の優速を実現し、比類なき高性能を発揮する。

ターボジェット戦闘機実現の要《かなめ》は、発動機の実用化にあることは言うまでもない。空技廠の研究は、ターボジェット発動機を実用化する一歩手前にある。しかしながら、現時点において最大の課題は早急なる実用化であり、時間との勝負である。

そこで、これからは発動機部、飛行機部にとらわれず空技廠の全力をあげ、早急なるターボジェット発動機の実用化を目指す決定をした。

空技廠外にも協力を求めた。艦政本部で蒸気タービンの権威と言われる玉木造兵少佐、露木技師にもターボジェット発動機の研究に加わってもらうことにした。

海軍以外にも東京大学の仁科芳雄、中西不二夫、兼重寛九郎、八田佳三教授に研究チームの技術支援として参加を求めた。なお、種子島中佐の希望により東北大学の沼地福三郎、棚沢秦教授にも技術支援として参加を要請した」

和田中将は空技廠のみならず、軍・民・学の総力をあげて、ジェット戦闘機開発に邁進すると宣言したのだ。

和田中将はターボジェット発動機の研究体制強化のため、海軍省や軍令部の主だった人々を説得し、大学にも強力に働きかけたのだろう。

話は三〇分ほどで終わった。宗川が飛行機部の部屋に戻るため廊下に出ると、検査部の部屋へ歩いて行く深田技師の姿が見えた。

宗川は深田技師に近寄った。

「深田さん、久しぶり。どうですか、試運転のほうは」

「お前は相変わらず、試運転の様子が気になるのか」

「そりゃあ、なんといったってターボジェット発動機は次世代の発動機なんだから。で、試運転の進捗状況はどうなんですか」

深田技師の話は思わぬものだった。

「そうだな、お前もTR二〇の状況を知っておいたほうがいいだろう。一二月下旬から始まったTR二〇の試運転で、これまでに発生した不具合は全部で一五〇項目ほど記録した。

それらの不具合はほとんど解決した。だが、どうしても解決できない問題が四つ残っている。一つは圧縮力の不足、二つ目は燃焼室の振動、三つ目は推力軸受けの焼き付き、四つめがタービン翼の亀裂だ」

深田技師によれば、TR二〇の不具合は設計の問題より耐熱鋼など材料の問題に起因しているという。空技廠のみで解決するのは難しいらしい。

宗川は聞いた。

「空技廠に耐熱鋼を研究する部門はない。種子島中佐はどうするつもりなんだろう」

　深田技師が裏話を明かした。

「廠長の和田中将は、前々からターボジェットの将来性に大きな可能性を見出し、早急なる開発が必要と周囲に漏らしていたそうだ。

　俺の想像だが、おそらく和田中将は種子島中佐から問題解決の難しさの報告を受けた。和田中将は、ターボジェット発動機の研究体制にテコ入れが必要だと思ったのではないか。

　それで、和田中将は方々を歩きまわったのだろう。各界の協力を取りつけたうえで、空技廠の全力をあげてターボジェット発動機を早急に実用化すると明言したのだと思う」

　意外であったが、宗川は深田技師の話に共感できた。

　和田中将は、ターボジェット発動機の開発を空技廠内から軍・民・学を包括する事案へ引き上げたのだ。和田中将の力の入れ具合がわかるというものだ。

　これでＴＲ二〇の開発が加速するに違いないと、宗川は思った。

　年度初めだが、人事異動など空技廠に大きな変化はなかった。宗川はその日のうちに木更津へ戻り、滑空機の試験飛行に精を出した。

　四月末、宗川の見込み通りに動力付き滑空機の試験飛行が終了した。これで前翼型機の実機設計に必要なデータが揃った。

　宗川は五月初めに空技廠へ戻り、二機の滑空機は追浜飛行場の片隅に置いた。空技廠に戻ってからの仕事は、これまでのデータを整理・分析し、わかりやすくまとめて次の実機設計に活用する報告書作りの作業となる。

　五月中旬、宗川は報告書作りに明け暮れていたが、ＴＲ二〇の試運転状況が気になって仕方がなかった。

「時間的にも余裕がある。実験場へ行ってみるか」

宗川は試験場へ行くと深田技師を探した。いつものように深田技師に試運転の進捗状況を聞くためだ。

「深田さん、ご無沙汰。時間があったので久しぶりに来てみた」

「久しぶりだな。また試運転の進捗状況を聞きたいのか」

深田技師が気さくに応じた。表情から見て、大きな進展があるようだ。

「試運転の進み具合を知りたい」

「四月初めに、TR二〇は四つ大きな問題を抱えていると言ったな。外部支援の力は大きかった。これまでに四つのうち三つを解決したぞ」

深田技師は分厚い資料の中から何か取り出した。

「四月初めに行った試験での計測データだ。お前なら、このデータを見ればTR二〇の状況がわかるだろう」

深田技師は貴重なデータを見せてくれた。

「これは軸流圧縮機の計測データだ」

宗川は想像力を働かせてデータを見る。

「軸流圧縮機の一段目での圧縮率は一・一二、二段目では一・一八に高まる。圧縮機全体の圧縮率は二・七八で、目標の三・〇に達していない」

「その通りだ。圧縮率が不足するとどうなるか、これから説明する」

深田技師は燃焼室の構造を絵に描きながら、わかりやすく説明する。

「圧縮された空気は燃焼室を包み込むように流れる。その中の空気の一部、ほぼ三割が小さな部屋に取り込まれ、そこへ霧状の燃料を噴射して点火する。すると燃料は爆発的に燃える。

そのときの燃焼ガス温度は、一六〇〇度から場合によっては二〇〇〇度に達する」

「だから、冷たい空気で燃焼室を包んで温度を下げる」

「そうだ。燃焼ガスは燃焼室の後方で冷たい空気と混ざり、燃焼ガスの温度を一六〇〇度以上から七〇〇度まで下げる。冷たい空気が温められると、体積は想像以上に膨大な量になる。

この燃焼ガスは発動機の後方へ高速で流れ、タービンをまわす。さらに発動機から高速で噴出し、推力を生み出すのだ」

宗川はガスタービンを勉強しており、深田技師の説明を理解できた。圧縮力の不足がどのような不具合を引き起こしたか想像して言った。

「初期の実験では、圧縮比が三・〇に満たなかったため吸入空気量が少なく、燃焼室温度が七五〇度以下に下がらなかった。当然、推力も上がらなかった。この計測値にあるように、推力は予定より少なく四五〇キロにも達しなかった」

深田技師が驚いて言う。

「お前はさすがに理解力があるな」

宗川は、さらに推測して言った。

「圧縮機を改良したら計画を上回る性能になった」

「そうだ。東北大学の沼地博士の指導により、圧縮機を翼の干渉を考えて無理をしない設計に変えた。すると圧縮率が三・二近くまで増し、推力が四七〇キロどころか五五〇キロ以上に増大したんだ。それはもう、みんな驚いて試運転を見守ったものだ。

それともう一つ。棚沢博士から、燃焼室の振動は二次空気の絞りを緩めるべきとの助言を受け、たった一日で解決した。推力軸受けの焼き付きの問題は永野少佐が取り組み、奮闘の末に改善策が見つかり解決した。

「これで、TR二〇が抱える大きな四つの問題は三つまで解決した。残っているのは、タービン翼の亀裂だけだ。今のところ、亀裂問題の解決策は見つかっていない」

宗川は、亀裂問題も早急に解決するに違いなく、TR二〇の開発は加速度的に進み始めたと実感した。


五月も下旬となった。宗川は鶴野大尉が戻ってくれば、すぐに実機設計を始められるよう準備を進めていた。

ところが、宗川に青天の霹靂《へきれき》とも言うべき命令が届いた。宗川中尉は兼弘正厚大尉、奥平禄郎大尉とともに「霞ヶ浦海軍航空隊付を命ず」の辞令を受け取ったのだ。

海軍航空本部は、昨年度に引き続き昭和一七年度も、技術士官に操縦訓練を行う方針である。

昭和一七年五月現在、宗川中尉は空技廠飛行機部設計係に所属している。航空本部は年齢や身体検査の結果から兼弘大尉、奥平大尉、宗川中尉の三名を操縦適格者とみなし、飛行学生に選抜したという。

その一方で、海軍の方針も変わった。

昭和一七年に入ると、四月五日から九日のセイロン作戦、五月七日から八日の珊瑚海海戦で多くの士官搭乗員が戦死した。

海軍は不足する士官搭乗員を補うため、兵学校出身者の増員に加え、機関学校出身者を整備科から兵科へ転科させ、飛行学生に採用する方針を打ち出したのだ。

機関学校出身者は、通常なら整備科へ配属される。宗川は空技廠配属を強く希望した。海軍省人事局は宗川の希望を受け入れ、空技廠へ配属した。宗川は遅かれ早かれ、飛行学生に採用される運命にあったのかもしれない。

　宗川は、五月中に滑空機の試験飛行結果を報告書にまとめ、鶴野大尉へ引き継がなければならない。報告書作成で急に忙しくなった。

「前翼にも機体を支える揚力が必要だとわかった。だから前翼には引き込み式前縁スロットが、後縁には親子式フラップ兼用の昇降舵が必要になる。前翼にかかる力を考えれば、材料はすべてジュラルミン製でなければならない。

　それと、前翼と主翼の関連が重要になる。前翼が起こす空気の渦巻きが主翼に影響を及ぼさぬようにする必要がある。そのためには前翼は主翼に対して面積で一割、翼幅、翼舷ともに三割とすれば空気抵抗が最も少なくなり、主翼の失速を防ぐので具合がいい。

　次に前翼と主翼の位置関係だ。主翼前縁から主翼翼舷の一・五倍前方に前翼を置くと、重心が支点の中立点より前にくるから安定性が高まり、機体のふらつきを抑えられる。これは非常に重要な項目だから、報告書で強調して書かなければ」

　滑空機の飛行データをもとに計算すると、前翼型機は約三〇〇〇馬力に相当する推力九〇〇キロのターボジェット発動機を搭載すれば、速度は少なくとも四二〇ノット（時速約七八〇キロ）が得られる。宗川は、この点も報告書に書き入れた。

　宗川は報告書作成に全力をあげた。

　五月二九日金曜日、宗川は報告書を書き終えると、設計係主任の山名正夫技術少佐へ提出した。

　山名少佐が報告書を読んで言う。

「ご苦労であった。よくぞ、ここまで研究したな。報告書には詳細なデータがついており、わかりやすい。鶴野大尉は予定通り六月に空技廠へ戻って来る。鶴野大尉なら、報告書を読むだけで説明がなくてもすべてを理解できる。

航空学生になっても体に気をつけてな。また一緒に仕事ができる日を楽しみに待っている」

「ありがとうございます。いろいろお世話になりました」

山名少佐は彗星、銀河に続いて、後に一八試陸攻『連山』となる四発爆撃機計画の研究を始めたばかりで、非常に忙しい身である。それにも関わらず、報告書を読んで宗川を励ましてくれた。

2

六月一日、宗川は兼弘大尉、奥平大尉とともに霞ヶ浦航空隊の門をくぐり、第三八期飛行学生となった。

「広いな」

宗川は飛行場を見渡してつぶやいた。

霞ヶ浦飛行場は四里四方と言われるほど、見渡す限りの飛行場用地が広がっている。

「飛行場の中央に、格納庫や指揮所の建物があるだろう。あの建物の北側で第一飛行隊、南側で第二飛行隊の訓練を行うそうだ」

奥平大尉は、どこかで霞ヶ浦航空隊や飛行学生について調べてきたようだ。かなり詳しい情報を持っていた。

三人は集合場所の講堂に入った。

飛行学生は数年後に航空隊の指揮官になる。ざっと見ると、学生の数は一五〇人ほどであろうか。講堂に学生が勢ぞろいし、予定時間になると入隊式典が始まった。

初めは航空隊司令千田貞敏大佐の訓示だった。

「時局にはきわめて険しいものがある。諸君らは、次の日本海軍を背負って立つ若者である」

千田大佐は島嶼《とうしょ》を不沈空母として戦う戦法を力説し、その中心となって戦うことを話した。

式典が進み、飛行長佐多直大中佐が紹介された。佐多中佐は艦攻の権威として知られており、宗川も名前を聞いたことがある。

第三八期飛行学生は兵学校第六九期、七〇期、予備学生出身者の一四二人に、空技廠の三人を加えた総勢一四五人とわかった。

「諸君は第一飛行隊、第二飛行隊に分かれて教育を受ける」

第一飛行隊長岩城邦宏少佐、第二飛行隊長桧貝襄治少佐が紹介された。宗川は第二飛行隊の配属となった。

学生は第一飛行隊、第二飛行隊に分かれ、それぞれの飛行隊長から教育内容についての説明を受ける。

宗川のとなりに座った男が声をかけてきた。

「菅野直少尉です。よろしくお願いします」

菅野少尉は中尉の宗川を見て丁寧に挨拶した。

「宗川四朗中尉だ。よろしく」

菅野少尉は小柄でおとなしそうな印象だった。菅野が後に海軍有数の撃墜王になるとは、このとき誰もが思いもしなかったに違いない。

桧貝少佐の話が始まった。まずは教育内容についてである。

「飛行学生の教育期間は基礎教育三カ月、練習機教程七カ月、実用機教程五カ月の一年三カ月となっている。だが時節柄、教育期間の変更もあると心得よ」

翌日から教育が始まった。基礎教育は座学が中心だ。選ばれた学生たちは一人の落ちこぼれも出さず、基礎教育が終了した。

九月からは九三式中間練習機による練習機教程が始まった。

九三式中間練習機は支柱式の複葉機だが安定性に優れ、特殊飛行もできるうえに複数操縦機構を備えており、「赤トンボ」と呼ばれていた。

初飛行で宗川は前の席に座り、後ろの席に教官が乗った。初飛行は何がなんだかわからぬまま、緊張のうちに終了した。

翌日の飛行は要領がわかってきたので、わりと落ち着いて搭乗できたと思った。ところが、一時間に満たない飛行のはずなのに、機体から降りたとたん、体が少しふらついた。

「ああ、目がまわる。顔がほてっているようだ。それに少し眠気を感じる。おかしい、疲れなどないはずなのに」

ほかの学生に聞くと、誰もが同じような状態に陥ったと言う。

「自分では緊張していないと思ったが、やはり飛行中は操作を間違えてはならないと神経を使っていたのかもしれないな」

練習機といえども、二日目は真っすぐ飛ぶだけでなく、上昇、下降、右旋回、左旋回を伴う飛行であった。慣れぬうちは誰もが平衡感覚を失ってしまうのだ。

それが一〇日もすると、学生は飛行機操縦の手順を覚え、操作を間違えることが少なくなる。地上に降り立っても体がふらつくことはない。

ただし操作を間違えると、後部席の教官から頭を叩かれる。飛行は一歩間違えると命取りになる。一瞬一瞬が真剣勝負なのだ。

一カ月もすると飛行訓練にも慣れ、筑波山を見ながらの操縦が可能になった。

「宗川中尉、本日より単独飛行を許可する」

桧貝少佐から単独飛行の許可が下りた。

宗川は単独飛行に不安を感じず、後部座席にうるさい教官の姿がない気楽さで、秋の関東平野上空を遊覧飛行するような気分で初の単独飛行に臨んだ。

一一月に入ると、いよいよ基本特殊飛行課程へと進む。当然、特殊飛行の初めのうちは後部座席に教官が搭乗する。

教官が念を押す。

「今日は垂直旋回の訓練を行う。いいか、これまでの飛行とは違うぞ。一歩間違えると地上に激突する。心してかかれ」

「はい!」

宗川も気持ちを引き締めて訓練に臨む。

特殊飛行は、ただ飛ぶだけと違って複雑な操作をしなければならない。そのうえ体に大きなGがかかり、肉体的な疲労もかなりのものになる。

垂直旋回だけなのに、これまでの飛行とは大違いだった。宗川は着陸して機体から降りると、思わず地面に座り込んだ。

「なんだ、この程度で。しっかりしろ。明日はもっと厳しいぞ」

教官が笑いながら声をかけた。

基本特殊飛行は垂直旋回、宙返り、失速反転、急反転、横転、錐もみで、これらが単独で行えるまで訓練を続ける。基本特殊飛行をマスターすると、次の編隊飛行、計器飛行、応用特殊飛行課程へと進む。

昭和一八年が明けた。戦局はますます厳しさを増してきた。

昨年末までに基本特殊飛行をマスターした飛行学生は、学生同士が前席と後席に乗り、応用特殊飛行の航法、編隊、通信を主とする訓練が始まった。

風に流される機体の向きを修正しながら風上へ向けて飛行する。これが偏流航法である。編隊飛行は三機で偏流航法を行う。

後部座席の偵察員は偏流測定に神経を集中し、前席の操縦員と絶えず連絡を取る。操縦員は高度と方向を一定に保つため、高度計と目標を交互に見つめ、飛行中に接触事故が起きないよう周囲を見張る。

一〇日もすると学生たちにも余裕が出てきた。

一月中旬、宗川のこの日の訓練は海兵六九期出身の光本卓雄中尉との組み合わせになった。光本中尉は、後に三四三空で紫電改に乗りエースとなる操縦技量抜群の学生である。

どちらかと言えば、宗川は航法が得意、光本中尉は操縦が得意だった。宗川は飛行学生なのだから、訓練では互いが不足しているところを補うべきと、勝手な理屈をつけて提案した。

「今日は俺が前席で操縦するから、貴様は後席で航法を担当してくれ」

「ああ、いいよ。俺も、もっと航法を勉強したいと思っていた」

いつもの訓練のように水戸上空まで飛んだ。ここで宗川が言った。

「発動機を全開にしたら、どんな飛行ができるか試したい」

「面白そうだな。やってみよう」

光本中尉が同意した。

ここまでの飛行訓練は、九三式中間練習機の巡航速度である時速一三〇キロ前後で行ってきた。

九三式中間練習機は、零式小型水上機にも搭載されているに東京瓦斯電気製の三四〇馬力『天風』発動機を積んでいる。最大速度は時速二一四キロになる。発動機を全開にすれば、もっと高度な飛行ができるはずだ。

「行くぞ」

宗川は発動機を全開にして上昇する。通常の飛行訓練は高度五〇〇から一〇〇〇メートルの間で行うが、高度二〇〇〇に達した。

「急降下する」

宗川は発動機全開のまま、六〇度の角度で急降下した。速度は時速三〇〇キロ近くに達した。

高度五〇〇で機体を引き起こす。これまでにないGがかかる。歯を食いしばって操縦桿を引く。高度四〇〇で水平飛行になった。

「まだ急降下を続けてもよかったかな」

宗川が口にした。すると、光本中尉が物足りなさそうに言う。

「練習機じゃ、全速で急降下してもたいしたことないな」

飛行場に戻ると光本中尉が言う。

「面白かったな。明日は俺が操縦する。いいな」

「ああ、でもおてやわらかに頼むぞ」

翌日の飛行訓練は、宗川が後部座席で光本中尉の操縦を見守る。光本中尉は発動機全開で特殊飛行を繰り返す。

宗川は不思議と怖さを感じなかった。それだけ操縦が上手なのだ。

ある日、宗川が宿舎に戻ると海兵七〇期出身の村上武少尉が話しかけてきた。

「宗川さん、今日はひやひやしたよ」

「どうした」

「今日は萱野が前部座席で操縦、俺が後部座席で航法を担当した。上空に上がると、萱野が東京上空まで行ってみようと言うんだ」

どうやら萱野少尉がとんでもない飛行を行ったらしい。

「東京まで？　そんなに飛んだら、時間までに帰ってこれないだろう」

飛行時間はあらかじめ決まっている。決まった時間に戻らないと遭難したとみなされ、大騒ぎになる。

「それが萱野は、発動機を全開にすれば東京上空まで飛んでも時間までに戻れると言うのだ」

菅野少尉は言葉通り、予定時間までに戻ったようだ。どうやら、いつの時代にも羽目を外す学生がいるらしい。飛行隊長からはなんのお咎めもなかった。

練習機教程は、第三七期飛行学生までは七カ月だったが、第三八期からは五カ月に短縮となった。一月末、第三八期飛行学生は練習機教程を卒業した。

二月一日、戦闘機専攻学生は大分航空隊に入隊した。五カ月間の実用機教程となる。

実用機教程の訓練は、九六式艦戦を複座型に改造した二式練習戦闘機に教官が同乗し、離着陸から始まる。二式練戦でひと通りの訓練を行うと、次は単座の九六式艦戦で離着陸から特殊飛行までの訓練となる。

宗川は三月末までに九六式艦戦での訓練を終えた。四月からは、いよいよ零戦での操縦訓練となる。

「さすがに一時代を築いた零戦だ」

九六式艦戦と比べ、零戦の性能は桁違いと思われた。ひと通りの訓練で零戦の操縦をマスターすると、今度は教官が相手の空戦訓練へと進む。

宗川の教官は兵学校六九期、飛行学生三七期の林喜重中尉であった。飛行学生三七期はこの二月に卒業したばかりだ。飛行学生三七期卒業生が飛行学生三八期の教官となる。

林中尉は寡黙で沈着冷静、温厚な性格で決して怒鳴ったりしない。

空戦訓練には、相手より高い高度から空戦に入る優位戦、相手より低い高度から空戦に入る劣位戦、同じ高度で空戦に入る同位戦がある。これらを教官と学生が立場を変えながら一対一で行う。

宗川は一期先輩の腕がどれほどのものか見てやろうと思っていた。ところが、宗川は優位戦、劣位戦、同位戦のいずれでも林中尉に歯が立たなかった。

　実用機教程の実戦訓練に慣れてきた六月一日、海兵七〇期出身の学生三七人は中尉に昇進した。六月からは、実用機教程の最終段階となる吹き流しを相手の実弾射撃訓練も始まった。

　実弾射撃訓練で、菅野中尉の命中率は群を抜いた成績であった。宗川の成績は中の上といったところである。

　五カ月に及ぶ実用機教程で飛行学生はひと通りの空戦技術を身につけ、六月末に卒業となった。

　七月初め、戦闘機専攻学生は大村航空隊へ移った。大村航空隊で、さらに三カ月に及ぶ延長教育を受けるのだ。

　延長教育で学生たちは、南方帰りの教員と呼ばれる下士官搭乗員と実戦を想定した訓練を行う。

　七月九日午前九時二〇分、九十九諸島上空の高度六〇〇〇メートル。

　平行して飛んでいた二機の零戦が左右に分かれた。一機を操縦するのは宗川、もう一機は奥村武雄上等飛行兵曹だ。

　奥村上飛曹は空母『龍驤』の乗組員だった。龍驤が撃沈されてからは、台南航空隊へ転属となりラバウルで戦った。これまで一四機の公認撃墜記録を持つ。この後、奥村上飛曹は再び前線に戻り、最終的に五四機の個人撃墜記録を残す。

「来たな！」

　宗川は奥村上飛曹機が急上昇旋回するのを確認した。

「右後方上空から襲いかかってくるはずだ」

　宗川は奥村上飛曹の行動を予測し、横転で射線を外すつもりでいた。

「駄目か！」

　なんと奥村機は、後方下方から宗川機を狙い撃ちしていた。

「最も弱い機体の後方下から狙うとは」

宗川は思わず冷や汗を拭った。

今度は宗川機が、奥村機の後方上空に位置する優位戦である。宗川は操縦桿を小刻みに操作し、奥村機を追い詰める。

「あっ、消えた！」

奥村機が目の前から消えたのだ。

「後ろだ」

後方を振り返った。後方上空に奥村機が見えた。

「これが実戦で鍛えた腕か」

宗川はこれまで林教官から空戦訓練を受けたが、南方帰りの搭乗員の技量は桁違いであった。

たとえ優位戦であっても、学生は下士官搭乗員の動きについていけず、相手の姿を見失ってしまう。はっとして後方を見ると、教員の零戦がぴたりとついているのだ。

「実戦なら、俺は確実に撃墜されている。何度やっても結果は同じなのだ。教員の操縦技量は凄いとしか言いようがない」

宗川は脱帽せざるを得なかった。

光本中尉も教員には歯が立たないと言う。この状態は実用機教程卒業まで続いた。

九月三〇日、宗川は三カ月の延長教育を無事に終え、第三八期飛行学生卒業となった。

3

宗川は飛行学生卒業と同時に空技廠へ戻れると思っていた。ところが、宗川が受け取った辞令は「第二八一航空隊勤務を命ず」であった。

「兼弘大尉と奥平大尉は実用機教程を終了すると、延長教育を受けずに空技廠へ戻ったと聞いている。二人は依託学生出身だからなのか」

依託学生制度は、大学令に基づく大学（七帝大）

に入学した新入生の中から、数名の希望者を採用する制度である。採用された学生は、卒業後海軍に奉職することを条件に、学費と衣服費が支給される。鶴野大尉も依託学生出身である。

機関学校は昭和一七年一一月に兵科に統合されている。宗川は機関学校出身だが、兵学校出身者と同等の扱いを受ける。厳しい戦局を考えると、宗川が希望を出しても空技廠へ戻るのは難しかった。

「さて、第二八一航空隊はどこにあるのやら」

人から話を聞き、二八一空についておおざっぱな知識を得た。

「二八一空は北千島の防空任務にあたっているのか。千島列島の幌筵島《ぱらむしる》とは、最果てとも思える場所だな。

幌筵島へは列車と乗合自動車を乗り継いで北海道の千歳まで行き、そこからは幌筵島へ行く陸攻か輸送機に乗せてもらうしか方法がないのか」

第二八一航空隊は、昭和一八年三月一日に館山で開隊された。装備は零戦四八機が定数で、司令は所茂八郎中佐である。二八一空は四月一日に北千島防空任務のため幌筵島武蔵基地へ移動した。

千島列島の最北端は占守島《しゅむしゅ》だ。占守島の南東に、狭い幌筵海峡を挟んで割と大きな幌筵島が広がっている。武蔵基地は幌筵島の南西にある。

一〇月七日、宗川は千歳基地から幌筵島へ行く陸攻に便乗し、ようやく武蔵基地に赴任することができた。

「宗川中尉、ただ今、着任しました」

宗川は二八一空司令室に入り、司令の所中佐に挨拶した。

「宗川中尉、待っていたぞ。よく来てくれた。我が軍がアッツ、キスカから撤退した後、米軍が上陸して飛行場を整備したようだ。

占守島、幌筵島は千島列島の北端に位置し、米軍機の行動範囲内に入っている。この夏以降、米軍機が数機で来襲しては爆弾を投下するようになった。ただし、これまで命中弾はなく被害は出ていない。

米軍は徐々に戦力を強化している。近頃はB24、B25が編隊を組んで来襲するようになってきた。南方方面も大事だが、北東方面は帝都に近い。米軍は、さらに戦力を増強し、本土に迫ってくるだろう。

これから熾烈な戦いが待っているのだ。貴様も覚悟して戦ってほしい。宗川中尉には、零戦一六機を率いる分隊長を任せる。心してかかれ」

宗川は緊張して答えた。

「わかりました。心して北東方面を防衛します」

「これまでは夏から秋で、自然環境にそれほどの厳しさは感じられなかった。けれども、ここは極寒の地である。これから厳しい冬を迎える。ここはいつも曇り空の日が多い。たまに晴れ間が広がっても、一時間後には雲に覆われ、雨や雪が降ってくるのだ。

雨が降れば滑走路は泥濘《ぬかるみ》となり、零戦の離着陸にも支障が出てくる。それでも飛行訓練は必要だ。だから、訓練はいつも天候と相談しながらの実施となる」

宗川は話を聞いてもピンとこない。長崎県の大村から赴任したばかりで、寒くて仕方がなかった。

「承知しました。環境の厳しさを心に刻みます」

所中佐は、これまで環境の厳しさに悩まされてきたようだ。中佐の話が終わり、宗川にも防寒具が支給された。これで表を歩けるようになった。

宗川は少しずつ寒さに慣れ、分隊長としての仕事も板についてきた。そんななか、宗川は凄腕の下士官に目をとめた。岩本徹三飛曹長である。

岩本飛曹長は第三四期操縦練習生出身で、決して戦死者を出さないことをモットーにしているという。

真珠湾攻撃では、空母『瑞鶴』乗組員として艦隊の上空直衛任務についた。インド洋作戦ではPBY飛行艇一機撃墜、珊瑚海海戦ではグラマンF4F戦闘機一機の撃墜が公認された。その間、岩本飛曹長率いる小隊は一人の戦死者も出さず、全機無傷で帰還している。

宗川は自分の空戦技量を自覚している。これを機に、岩本飛曹長を相手に自分の空戦技量を高めることにした。

昭和一八年の夏頃より、空戦は一対一から二対二を基本とする編隊空戦に変わってきている。

二機で区隊、四機で小隊を編成し、攻撃側の一機が攻撃、一機が援護にまわるいつもの空戦訓練を終えた。

午後になると、宗川が望む岩本飛曹長と一対一での空戦訓練に入る。

「岩本飛曹長、今日もいつものように敵味方に分かれて空戦訓練を行う。まず俺が攻撃側になる。いいかな」

岩本飛曹長にとっては迷惑だろうが、いつも嫌な顔をせず快く宗川の相手を引き受けてくれる。

「了解しました」

気象状況を見て零戦二機が飛び立った。まず宗川が岩本飛曹長機の後方上空につく優位戦から始める。

「岩本機は横転で逃げるだろう」

宗川は、岩本飛曹長の行動を予測しながら接近する。

「急降下で逃げる気か」

予測に反して岩本機が急降下に移った。宗川は全速力で追った。零戦は急降下速度が緩和された五二型だ。速度は時速七〇〇キロ近い。

「はっ！」

岩本機が急降下からいきなり急上昇に移った。宗川が後を追うと、岩本機は急上昇の頂点で反転した。

「奥村上飛曹とは違う動きだ」

宗川が驚いていると、岩本機は鮮やかな操縦を見せ、いつの間にか宗川機の後方についていた。

宗川は岩本飛曹長と空戦訓練を続けた。しかしながら何度試しても、どんな条件でも、宗川は岩本機に勝てなかった。

訓練を続けるうちに、宗川は岩本飛曹長が得意とする戦法を見つけた。岩本飛曹長は敵機の高位につけ、そこから急降下で五〇メートルまで肉迫し、二〇ミリ機関砲を撃ち込み、そのまま急降下で離脱する一撃離脱戦法である。

宗川は思った。

「岩本飛曹長と奥村上飛曹は甲乙つけがたい腕の持ち主だ。いや、岩本飛曹長のほうが奥村上飛曹より優れた搭乗員かもしれない」

宗川は天候が許す限り空戦訓練を続けた。一〇月は次の作戦準備のためか、米軍機の来襲がなく、空戦訓練を続けることができた。

一一月一日、昨日は一日中天候が荒れて訓練はできなかった。宗川は一日休んだお陰で気力が充実していた。

「よし、今日は思いついた戦法を試してみよう」

宗川は飛行訓練の準備をしながら、岩本飛曹長との空戦訓練を楽しみに考えていた。そのとき、所中佐から司令室に呼ばれた。

「宗川中尉、大尉昇進の電文が届いた。おめでとう」

「ありがとうございます」

これまで宗川はミスもなく業務をこなしてきた。

大尉昇進は予定通りの措置であろうと思った。すると宗川の脳裏に、機関学校同期の田浦の姿が思い浮かんだ。

「田浦も大尉に昇進し、整備科長として活躍しているだろうな」

開戦前、田浦からの手紙には巡洋艦『鹿取』を退艦し、整備学生を命ぜられたと書いてあった。日米開戦後は、二人とも手紙で近状を報告し合うことも稀になってきた。

昨年一一月の手紙には、五八二空整備分隊長になったと書いてあった。以後、お互いに時間がなく連絡は取り合っていない。

「それから」

宗川は所中佐の声で我に返った。

「宗川大尉、連合艦隊からこのような命令文が届いた」

所中佐は一一月一日付のＧＦ電令作第七八二号を見せてくれた。電令内容は、第二基地航空隊の二八一空零戦一六機、五三一空天山艦攻一二機をラバウルへ進出させる準備命令であった。

「宗川大尉、貴様の分隊をラバウルへ派遣する。貴様は、いつでもラバウルへ進出できるよう準備を進めよ」

宗川は、いよいよ来たかと思いながら返事をした。

「了解しました。いつでもラバウルへ進出できるよう準備に取りかかります」

宗川は出発準備を進めながら空戦訓練を続け、次の命令を待った。

昭和一八年一一月八日、古賀連合艦隊司令長官は南東方面軍強化のため、予令通り北東方面軍の第二基地航空部隊の二八一空零戦一六機と五三一空天山艦攻一二機に対し、ラバウルへの進出を命じた。

二八一空には昼近くになって命令電文が届いた。所中佐が宗川へ命令を伝える。

「宗川大尉、ラバウル進出の命令が出た。ただちに館山へ移動せよ」

宗川は胸を張って答えた。

「準備はできています。すぐに館山へ向けて出発します」

宗川は館山への移動方法を確認した。

「武蔵基地から館山基地まで、直線距離にして約二二〇〇キロもある。館山基地へは千歳基地を経由しなければならない」

長距離飛行が難しいことを認識しなければ大変なことになる。長距離飛行になると時間が経つにつれ、どうしても後方が遅れがちとなる。そうなると、隊形は間延びした形になってしまう。

これが、編隊がバラバラになって落後機が出る原因でもある。落後機が出るのは、なんとして避けなければ」

宗川は、編隊の中間を飛行する第三小隊長に岩本飛曹長を任命した。第四小隊長の相曽幸雄飛曹長も熟練搭乗員だが、岩本飛曹長の技量には遠く及ばない。

宗川の考えは、第一小隊の後方に第二小隊、第三小隊、第四小隊が続く単縦陣で飛行する方法である。

「岩本飛曹長は俺の考えや狙いを正しく理解してくれる。今度も岩本飛曹長を頼りにしなければ」

出発に先立ち、宗川は各小隊長に館山基地への飛行を説明した。

「武蔵基地を離陸したら、高度三〇〇〇で第一から第四小隊まで単縦陣となる。その後は千島列島に沿って千歳基地へ向かう。翌日、つまり明日の早朝に千歳基地を出発し、館山基地へ向かう。何か質問は」

質問はなかった。

晴れ間を見つけて零戦が武蔵基地を次々と離陸し、高度三〇〇〇で一六機が揃った。宗川は千島列島に沿って千歳基地へと針路を向けた。

先頭の隊長機の誘導がつたないと編隊は崩れ、バラバラになってしまう。宗川は後方の小隊が遅れずについてこれるよう、発動機の出力を六割程度に抑えて飛行する。

「千歳の飛行場が見えてきた」

飛行時間およそ三時間、ようやく前方に千歳飛行場が見えてきた。一六機の零戦は一機も落後機を出さず、無事に千歳基地へ着いた。

宗川は、編隊での移動がこんなに大変かと思い知った。翌日は早朝に千歳基地を離陸し、昼前に全機無事、館山基地に着陸した。

午後になると、五三一空の天山艦攻一二機が館山基地へ移動してきた。

「明日は、いよいよラバウル行きだ」

4

館山に着いても一日の休みもない。明日は朝早く出発する予定になっている。

宗川は熾烈な戦いが続く最前線のラバウルに思いをはせた。

一〇日早朝、零戦と天山は一式陸攻三機の誘導を受けて館山を出発した。途中、硫黄島、テニアン、トラックを経由し、一四日昼頃、全機無事にラバウル東飛行場へ着陸した。

ラバウル東飛行場には、偵察部隊の第一五一航空隊、夜戦の第二五一航空隊、艦戦の第二〇一航空隊、同じく艦戦の第二〇四航空隊が駐留している。

宗川は飛行場を見て思った。

「聞いた話では、これらの航空隊の装備機数は偵察機一六機、夜戦二四機、艦戦一九二機のはずだが。見渡したところ、航空機は定数の半分にも満たないように見える。それだけ厳しい戦いが続いているのか」

宗川は到着報告のため指令所へ向かった。

指令所に入ると、二〇一空司令中野忠二郎中佐と二〇四空司令柴田武雄中佐が話し合っていた。

「第二八一航空隊分隊長宗川大尉、ただ今、零戦一六機を率いてラバウルに到着しました」

中野中佐が顔を上げて答えた。

「待っていたぞ。長距離飛行、ご苦労であった」

中野中佐は姿勢をただし、改まって宗川へ伝えた。

「宗川大尉、第二八一航空隊の零戦一六機はラバウル東飛行場へ着陸した時点で、第一航空部隊指揮官の指揮下に入った。第二八一航空隊の零戦一六機は、ただ今をもって第二〇一航空隊へ編入する」

青天の霹靂《へきれき》である。宗川は戸惑いながらも敬礼し返事をした。

「零戦一六機は、ただ今から第二〇一航空隊所属となります」

中野中佐が宗川へ伝えた。

「実はな、二〇一空はブインからラバウルに戻ったとき、稼働可能な零戦はたったの八機しかなかった。搭乗員も二〇名まで減少していた。ここで、一六機の零戦が戦力に加わったのは心強い。

それと、もう一つ。ここラバウルでは艦戦部隊を二〇四空司令柴田武雄中佐が統一指揮している」

宗川は最前線の厳しさを認識した。

前線は敵に勝つため色々な工夫をする。一人の指揮官が二つの艦戦部隊を指揮するのも、その一つであろう。宗川は驚きもせず納得した。

今度は柴田中佐が話す。

「ここラバウルには、定期便のように午前一〇時から午前一〇時半頃に、米軍機が大挙して押し寄せて来る。一五〇機から二〇〇機もの戦爆連合の大編隊だ。

今日も、米軍機は午前一〇時過ぎに戦爆連合で一五〇機ほどが来襲してきた。貴様たちが飛行場に着陸したのは、運よく米軍機が暴れまわった直後だった。いいか、明日も定期便は必ずやって来る」

柴田中佐は宗川を窓際へ呼んだ。

「表を見てみろ。ここから見える零戦は、貴様たちが乗ってきた機を含め一一〇機ほどだ。そのうち半数は空母『翔鶴』『瑞鶴』『瑞鳳』所属の艦載機だ。

本来の二〇一空、二〇四空の所属機は、消耗が激しく四〇機ほどまで減少していた。今日、貴様たちの零戦一六機が加わり、二〇一空と二〇四空の戦力は五〇機以上に回復した」

古賀連合艦隊司令長官は、前司令長官山本五十六の故知にならって『ろ』号作戦を発動し、空母艦載機をラバウル周辺の飛行場に展開した。

柴田中佐は空母艦載機を含め一〇〇機にも満たない零戦で、来襲する一・五倍から二倍もの米軍機を迎え撃ってきたという。

柴田中佐が聞いた。

「宗川大尉、貴様は実戦経験がないそうだな」

「はい、実戦経験はありません。でも、覚悟はできています。明日は、自分も米軍機迎撃に出撃します」

すると柴田中佐が強い口調で言った。

「駄目だ。実戦とはどんなものか、まったく知らないまま飛び上がっても、米軍機の恰好の標的になるだけだ。空戦はラバウル一帯の上空で行われる。明日は地上から空を見上げ、空戦とはどんなものか、自分の目で確認するのだ。

空戦の様子を見るだけで、出撃するときの心構えが違ってくる。初陣なら、なおさらだ。特に貴様は、分隊長として部隊を指揮する立場にある。貴様の指示で、味方戦闘機隊の運命が大きく変わるのだ。適切な命令を下すためにも、明日は地上から空戦の様子を見て学ぶのだ」

「わかりました。明日は、地上から空戦がどんなものか学び取ります」

柴田中佐は笑顔になった。

「わかってくれれば、それでいい。今日はゆっくり体を休めろ」

宗川は着任報告を終え、飛行場を見ながら目まぐるしかった一日を振り返った。

「極寒の最北から熱帯のラバウル勤務となった。そのうえラバウル東飛行場に着陸した途端、二八一空の零戦一六機は二〇一空へ編入された。それだけではない。二〇四空司令の柴田中佐が二〇一空の部隊も指揮するという」

宗川に混乱はなかった。ただ、このように目まぐるしい変動は、戦況が思わしくないからだとも思った。

駐機場が目に入った。数人の整備兵が声を合わせ、宗川の愛機を一生懸命に整備している。宗川はこの様子を見て、海軍航空隊を実質的に支えているのは下士官や兵ではないかと思った。

「搭乗員待機所をのぞいてみるか」

下士官や兵の搭乗員は、粗末な建物に椅子をコの字型に並べた搭乗員待機所に詰め、出撃を待っている。宗川が搭乗員待機所をのぞくと、久しぶりに旧友と出会ったのか、岩本飛曹長が一人の飛曹長と話がはずんでいる最中だった。

岩本飛曹長が飛行服を脱ぎながら言った。

「やはりラバウルは暑いな」

もう一人の飛曹長が笑いながら言う。

「そうか、暑いか。ラバウルには一日も欠かさず米軍の新鋭機が大挙して押し寄せてくる。お前なら、米軍機迎撃で暑さなんてすぐに吹き飛ぶよ。心配ない」

二人は再会を喜び語り合っている。

岩本飛曹長が宗川に気づいた。

「これは分隊長、紹介しましょう。キラ星のごとくエースが集う二〇四空の中でも、エース中のエースと呼ばれる前田英夫飛曹長です」

前田飛曹長が照れながら言った。

「おい、よせよ。おれはエースなんかじゃない」

新聞やラジオは、ラバウルに展開する戦闘機隊をラバウル航空隊の名称で呼んでいる。前田飛曹長は内地でも何度か新聞紙上に名前が出たことがある。宗川も前田飛曹長の名前を知っていた。

宗川を前に、搭乗員たちは気を使っているように見えた。

「邪魔するつもりはない。ただ、着陸した後、みんなが元気かどうか見に来ただけだ。なにしろ気候が極寒から熱帯に変わったからな」

岩本飛曹長が周囲を見渡して言った。

「分隊長、この通りです。ラバウルは暑いけど、みんな元気ですよ」

「それはよかった。邪魔したな」

宗川は、明日はどんな一日になるのかと思いながら搭乗員待機所を後にした。

一五日の朝を迎えた。この日は翔鶴戦闘機隊員の谷水竹雄二飛曹、杉野計雄二飛曹が二〇一空の一員として参戦する。

午前一〇時二〇分、空襲警報のサイレンが鳴り響いた。宗川は柴田中佐のとなりで空戦を見守ることにした。

飛行場を見ると、すべての零戦が砂ぼこりを巻きあげながら、我先にと離陸し上昇して行った。最後の零戦が離陸するまで、空襲警報が鳴ってからわずか三分か四分の出来事だった。

「凄い速さだ」

宗川は思わず口にした。

「ガダルカナルの米軍は、電探で日本軍機を捕捉すると大量の戦闘機を上空にあげ、優位な位置で待ちかまえていた。日本軍機はガダルカナル島の手前で上空から奇襲攻撃を受け、劣勢な位置で空戦に入らざるを得なかった。これが、味方機が苦戦を強いられる原因だったと考えている。

ここラバウルでは、飛行場の周辺に多数の見張所を設けている。見張り員は双眼鏡で敵影を発見し、電信で指揮所へ知らせてくる。

日本軍はガダルカナル島の米軍と比べ、敵機発見の手段に大きな差がある。それでも我が軍が優位を保っているのは、搭乗員の優秀性と見張り員の努力によるところが大きい」

柴田中佐は言いながら唇を噛み締めた。

宗川は零戦が飛び去った方向を見た。点々とゴマ塩のような大きな塊が近づいて来るのがわかる。

「一五〇機以上かな」

宗川は空に浮かぶ機影の多さに驚いた。五分もすると、米軍機がはっきり見えてきた。

柴田中佐が敵影を見て言う。

「P38、P39、B25、それに今日はF6Fの姿もあるぞ。敵は戦爆連合の一五〇機ほどだな。B25の数は五〇機ほどだ。爆撃が始まる前に防空壕へ退避するぞ」

宗川は柴田中佐の後を追って防空壕に退避した。

B25の爆撃が始まったのか、連続した地響きとともに壕が激しく揺れた。

三〇分ほどで地響きは収まった。

「そろそろよかろう」

柴田中佐が壕を出たので宗川も続いた。B25の姿は消えていたが、上空では戦闘機同士の激しい空戦が行われていた。

「やった！」

宗川は上空を見上げ、岩本飛曹長が操縦する零戦を見つけた。

岩本飛曹長は宗川との空戦訓練で見せたように、敵機の高位から急降下で五〇メートルまで肉迫し、二〇ミリ機関砲を撃ち込み急降下で離脱した。岩本飛曹長は一撃離脱戦法で見事、F6Fを撃墜したのだ。

やがて敵機が引き上げ、味方の零戦が次々と着陸してきた。指揮所の黒板に戦果が書き込まれていく。

この日の戦果は敵機撃墜二一機であった。その中には岩本飛曹長が撃墜したF6F二機が含まれていた。谷水二飛曹も二機、杉野二飛曹は一機撃墜したようだ。

未帰還機が一機あった。二〇四空の吉田飛長である。午後になって、港から吉田飛長の遺体が引き上げられた。

一六日を迎えた。今日は宗川の初陣である。しっかり眠り、気力は充実していた。

午前一〇時前、宗川は飛行服姿で指揮所の椅子に座り青空を眺める。

「戦争がなければ、ここはいいところだな」

そんな思いが頭をよぎる。時計を見た。

「一〇時になった。そろそろだな」

宗川は自分でも落ち着いていると思った。一〇時二五分、空襲警報の半鐘とサイレンが鳴り響いた。

「かかれー！」

宗川は怒鳴ると同時に指揮所を飛び出し、愛機に向かって走った。

愛機の主翼の上で、山口県出身という石上整備兵曹が出撃準備を整えて待っていた。宗川は勢いよく零戦に駆け上がり、操縦席に座った。

石上兵曹は宗川の落下傘バンドを確認し、右手の親指を立てた。

宗川が大きな声で言った。

「コンタクト！」

プロペラがまわり出すと、白煙を噴いて発動機がまわり出した。発動機を全開にして試運転を終えた。

「異常なし。車輪止めを外せ！」

滑走路へ向かう。

先頭の零戦が土ぼこりを巻きあげ、離陸して行く。飛行場は土ぼこりで前が見えないほどだ。

発動機全開で滑走する。すぐに後輪が浮き、さらに一五〇メートルほどの滑走で機体が浮いた。

宗川は落ち着いて速度が上がるまで飛行した。

「頃合いよし」

宗川は十分速度が出たところで急上昇に移った。飛行場を見た。すでにすべての零戦が離陸し、上昇して行く。

上空六〇〇〇、宗川は安定飛行に入り、となりを見た。

「岩本！」

なんと、となりに岩本飛曹長が編隊を組んでいた。宗川は急に心強くなり、全空を見渡す余裕が生まれた。

岩本飛曹長が親指で下をさした。

「P38だ」

下方二〇〇〇、高度およそ四〇〇〇に双胴の悪魔と呼ばれる四機編隊のP38が見えた。

宗川は親指でP38をさし、岩本飛曹長へ攻撃標的を伝えた。岩本飛曹長は了解したと、握り拳で返答してきた。

宗川は発動機全開のまま急降下に移った。不思議と落ち着いている。後方の安全を確認する余裕があった。

前方のP38を見極める。

「敵はこちらに気づいていない」

P38は真っすぐ飛行している。その下方には三機のB25が飛んでいる。P38はB25の護衛任務にあるようだ。

宗川はOPL照準器にP38を捉えながら、右後方上空一五〇〇メートルまで接近した。

「気づかれた!」

敵のパイロットが後ろを見た。

「ここで躊躇《ためら》ったら逃げられる」

宗川は迷わず、二〇ミリ機関砲と七・七ミリ機銃の発射ボタンを押した。

砲弾と銃弾は右主翼と操縦席の間に数十個の穴をあけ、内部で爆発する様子が確認できた。次の瞬間、右の主翼が胴体からちぎれて吹き飛んだ。P38の胴体は回転しながら落下して行った。

宗川は急降下のままP38の脇を通り過ぎ、高度二〇〇〇で水平飛行に移った。空戦空域から十分に遠ざかった。

「岩本飛曹長!」

となりには岩本飛曹長の姿があった。岩本飛曹長が宗川機を護衛する位置についていたのだ。

再び上昇に移る。高度六〇〇〇まで上昇し、空戦空域に戻った。もう一度、高度六〇〇〇から急降下し、さらにP38一機を撃墜した。

この後、一五分ほどで敵機が翼を翻《ひるがえ》し、ラバウル上空から姿を消した。宗川は敵機の帰投を見届け、危なげなく着陸した。

「分隊長、やりますね。とても初陣とは思えなかった。」

着陸すると岩本飛曹長が駆け寄ってきた。

「やるな、お前！」

柴田中佐も指令所から駆けつけてきた。

この日は一機の損害もなく全機無事に着陸した。敵機撃墜数は二八機と報告された。

それでも米軍機は毎日決まった時間に来襲し、二〇機以上の損害を出しては引き上げて行く。一一月も終わりを迎える頃には、宗川の撃墜機は一二機を公認されるまでになった。


一二月初め、二〇一空に配属となった乙種予科練一三期出身の新人搭乗員がラバウルへ到着した。

新人搭乗員を前に柴田司令が訓示する。

「諸君の闘志はよくわかる。だが、諸君にとって最も大切なのは死なないことだ。戦闘機搭乗員に与えられた任務は、一機でも多くの敵機を撃墜することである。自分自身が撃墜されてはいけない。そのためには実戦に慣れ、十分に経験を積むことだ。実戦の経験を積めば、自分は墜とされずに敵機を墜とせるようになる。戦果をあげるのはそれからでよい。

功名にはやって、敵機を墜とす前に自分が墜とされてはならない。諸君は、これをしっかり肝に銘じておくように」

柴田中佐は、これまで何度か物議を醸しだした有名人であるが、宗川は柴田中佐がどのような人物かよくは知らない。

ただ今日の訓示を聞いて、無慈悲な命令を出す指揮官が多いなか、柴田中佐には自分の考えと共通する点があると感じた。

宗川は思った。

「戦闘機乗りは、生きてこそ任務を果たせる。柴田中佐には、訓示通りの指揮を執り続けてもらいたいものだ」

一二月下旬になると、宗川の敵機撃墜数は一六機になった。そんななか、宗川は一二月下旬から来襲する米軍機の数が増えたことに気づいた。

「連日、一五〇機以上の戦爆連合の米軍機が来襲する。米軍は新たな攻勢を開始したのではないか」

宗川は独自の感覚で米軍の行動を分析した。

二〇一空の搭乗員に二〇四空への異動が告げられた。これまで二〇一空の隊員は二〇四空の一員として戦ってきた。名称が変わっただけで違和感はなかった。

第4章　ターボジェット戦闘機

1

ここで前翼型機の開発状況を見ておこう。

昭和一七年六月一〇日、鶴野正敬造兵大尉は一年間の航空学生教育を終え、空技廠飛行機部に戻った。鶴野大尉は空技廠へ戻ると、上司である飛行機部長佐波次郎少将の部屋を訪ねた。

「鶴野です。飛行学校での操縦教育を終え、ただ今、戻りました」

佐波少将が鶴野をねぎらうように言った。

「ご苦労であった。これでお前は航空機操縦の資格を得た。だから、これからは飛行実験部員を兼ねてもらう。承知しておいてくれ。ところで、前翼型の航空機だが」

前翼型と聞いて、鶴野大尉が姿勢をただした。

「はい、前翼型機についてはいつも気になっていました」

「お前は、実機製作に取りかかる前に滑空機の実験で前翼型機の有効性を確かめるべきと主張していた。だが、その前に飛行学生になったのだったな」

飛行機部長は杉本修少将から佐波少将に代わったばかりである。

「その通りです。だから、前翼型機がどうなったか心残りでした」

「お前の後を引き継いだ宗川中尉は大きな仕事をしてくれた。これが、宗川中尉が記した動力付き滑空機の報告書だ。

読んでみると、詳細なデータとともに前翼型機を製造するうえで考慮すべき要点が詳しく書いてある。お前が操縦教育を受けている間も、前翼型機の研究はとどこおりなく進んでいた。

この報告書をもとに空技廠長の和田中将は、空技廠と航空本部の共同で前翼型機を実現するための検討会を主催した。検討会の結果は、滑空機の実験報告書が決め手となったと言えるだろう。

結論は、前翼型機は実現可能であり、性能的にも従来の航空機より優れ、有効と判断した。航空本部は前翼型機にＪ７Ｗの記号を与え、つい先日の八日に九州飛行機へ試作発注を行った」

八日は今週の月曜日だ。

驚きであった。前翼型機は、すでに動力付き滑空機での飛行実験を終え、試作機の製造を九州飛行機に発注したというのだ。佐波少将の話から、この決定には実験報告書のほかにも大きな理由があったとわかる。

佐波少将が話を続ける。

「今年の春頃だった。米国のボーイング社が開発中のＢ29について、性能を含めた詳しい情報が入ってきた。

Ｂ29は最大八トンもの爆弾を搭載し、高度一万メートルの成層圏を時速六〇〇キロ近い速度で飛行する性能があるらしい。しかも航続距離は、最大で八〇〇〇キロにも達するようだ。

どうやら、この情報の性能は眉唾《まゆつば》ではないらしい。Ｂ29は我が国にとって大きな脅威となり、陸海軍はきわめて深刻な問題と受け止めている」

Ｂ29の性能が本当なら、日本が高性能の迎撃戦闘機を装備しない限り、本土は焼け野原になってしまう。佐波少将の話は鶴野大尉にも強い衝撃を与えた。

佐波少将は海軍の対策について話した。

「軍令部はB29の迎撃機として、第一に局地戦闘機『雷電』での対応を考えていた。ところが、雷電は三菱の技術陣が懸命に努力しているが、振動問題が解決していない。量産機の開発が進展せず、実用化が危ぶまれている。

雷電については、それだけではない。南方の前線では米軍が新型戦闘機を続々と戦線に投入し始めた。零戦では米軍の新型戦闘機に対抗できないというのだ。

連合艦隊には新型戦闘機はまだかと、前線から矢のような催促が届いている。この事態に、連合艦隊と軍令部は焦っているように思える」

一四試局地戦闘機『雷電』は、昭和一四年に三菱一社指定で試作発注された。三菱は九六式艦戦、零戦と海軍の優秀機を手掛けてきた、堀越二郎技師を長とする戦闘機チームが開発を担当することになった。

堀越チームのこれまでの実績を考えると、次世代戦闘機は二年もあれば画期的な戦闘機が生まれると、誰もが大きな期待をかけて開発を支援してきた。

初期計画では、昭和一七年の初め頃には雷電の量産型が完成すると予想し、すぐ量産に入れるよう準備を進めてきた。

三菱は海軍の要望にしたがい、名古屋製作所の零戦生産の半数を中島飛行機に移し、鈴鹿航空隊に隣接する整備工場を航空機製作所に作り替えた。三菱は名古屋製作所と鈴鹿製作所で、昭和一八年度に三六〇〇機を製造し、その後は月産五〇〇機の割合で雷電を製造する計画であった。

ところが、高高度での最大速度、上昇力を実現するのに必要な発動機がなかった。堀越チームはやむを得ず、三菱『火星』発動機を搭載する機体の設計に取りかかった。

直径の大きな火星を搭載するため、機首は滑らかに先細りするような構造になり、これが多くの問題を生む。発動機冷却用の強制空冷ファンが必要となり、発動機からプロペラまで長い軸が必要になったのだ。

雷電の初飛行は予定より一年以上も遅れ、昭和一七年三月二〇日にずれ込んだ。雷電より一年遅れ、昭和一五年に試作が発注された川西航空機の一五試水戦は、雷電と同じ火星を搭載しているが初飛行は昭和一七年五月六日である。

初飛行後も、雷電は発動機の振動問題に悩まされ、解決策が見つからないまま泥沼化している。振動問題は機材の破損原因にも繋がる重大事項だ。雷電は量産に移れないまま時間だけが過ぎて行った。

佐波少将はいつになく真面目な表情で言う。

「そこで、前翼型機の高性能に注目が集まった。軍令部からは、早急にＪ７Ｗを実用化するようにとの強い要求が相次いでいる。和田中将は軍令部と航空本部に対し、空技廠の全力を注ぎ、一日でも早く前翼型機を実用化すると言明した。

いいか、前翼型機の開発は一刻を争う。今が重要な時期にあると考えよ。鶴野大尉、Ｊ７Ｗの設計主務者として、ただちに前翼型機の開発を始動させるのだ」

鶴野大尉は状況を理解したうえで答えた。

「了解しました。ただちに取りかかります」

まずは、宗川中尉がまとめた前翼型滑空機の実験報告書を完全に理解することである。

鶴野大尉は報告書を丁寧に読んだ。

「前翼型機は初めて手掛ける未知の機体だ。報告書は、滑空機での実験をここまでやったのかと思えるほど内容が充実している。しかも発動機部のＴＲ二〇についての記述もある。よほど気合を入れて実験に取り組んだのだな」

報告書には前翼型機がTR二〇を搭載したときの性能も書かれていた。

前翼型機の機体重量を三四〇〇キロと仮定したとき、TR二〇が計画通り高空でも推力四七五キロを発揮すれば、最高速度は高度ゼロメートルで三四〇ノット、高度六〇〇〇メートルで三七〇ノット、高度一万メートルで四〇〇ノットとなっている。その根拠を示す数式も記述してあった。

鶴野大尉は次の記述に目をとめた。

「ターボジェット発動機の推力が三〇〇〇馬力級の推力九〇〇キロなら、前翼型機の最高速度は高度一万で四五〇ノット（時速八三四キロ）が可能なのか。それに、TR二〇は三〇パーセント以上推力を増大させる余地があるとは」

鶴野大尉は、よくぞここまで調査したと宗川中尉の仕事ぶりに感心した。

「宗川中尉の報告書は、前翼型機と従来の航空機との間に、どのような差や特徴があるか飛行実験のデータで示している。これを見る限り、前翼型機の基本設計はすんでいると考えられる。これなら、すぐに製作図面の作成に取りかかれるかもしれない」

そうは思うものの、木型審査と計画審査は必須だ。鶴野大尉は希望的観測で開発線表を考えた。

「新しい機体の試作は、開発期間の半分を木型審査までに費やされる。計画審査では、宗川中尉の実験結果から基本設計がすんでいると判断されるだろう。そうすれば開発期間を一年近く短縮できる」

鶴野大尉は報告書を読み進める。最後のほうの記述に目をとめた。

「全金属製か、これは当然だろうな。高性能を求めるあまり、前線での保守・点検が難しくなっては稼働率が低下する。これも確かにその通りだ。

設計にあたっては製造のしやすさも追及すべき。

これもその通りだ。宗川中尉は彗星の設計図も勉強したのだな」

鶴野大尉は一週間ほどで実験報告書の内容を理解した。

次は、試作を担当する九州飛行機について理解することである。九州飛行機の技術力を知らなければ、前翼型機の試作計画で必要となる線表さえ引けない。しかし、鶴野大尉には九州飛行機について知識がなかった。

「九州飛行機とはあまり聞かない名前だな。佐波部長によれば、九州飛行機は機上作業練習機『白菊』を製造中だという。今年に入ってからは、新しい分野となる対潜哨戒機の研究を始めたとも言っていたが」

鶴野大尉は九州飛行機について調べた。


明治一九年創立の渡辺鉄工所は、今年になって兵器部門を分離独立させて九州飛行機を設立した。社長には元海軍少将の山本順平が就任している。

九州飛行機のこれまでの実績は、九六式小型水上偵察機、一一試水上中間練習機、二式陸上中間練習機、二式初歩練習機『紅葉』の開発・製造である。戦闘機や攻撃機とはまったく無縁の企業だとわかった。

鶴野大尉は試作機開発の線表作りに入った。

「従来通りのプロペラ機なら、新型戦闘機でも内示から計画審査まで七カ月、製作図面・冶具製作・部品製作に八カ月、機体組み立てに四カ月、完成から初飛行まで一カ月、社内試験飛行に三カ月あれば、量産機を完成できる線表になるのだが。J7Wの場合は、どうだろうか」

鶴野大尉は事態を正しく捉えることの大切さを理解している。

「ＴＲ二〇、つまりターボジェット発動機は、実験に多くの時間を必要とする未知の分野だ。充実した実験データがあるとしても、前翼型機も初めて手掛ける未知の分野の機体であることに変わりはない。

発動機も機体も未知の分野なら、当然、想定以上に大量の問題点が噴出する。すべての事態を正しく捉えなければ、雷電の二の舞になってしまう恐れがある。

発動機も機体も未知の新型機の場合、通常なら初飛行までの開発期間は四年程度になろう。しかし、四年も時間をかけられない。二年でも許されるかどうか」

鶴野大尉は、どうしたら開発期間を短縮できるか考える。

「宗川中尉の実験報告書を読む限り、艤装と兵装は実験どころか検討もされていない。前翼型機は風洞試験を含む基本設計がすんでいると仮定する。それなら艤装・兵装の設計を、製作図面の作成と並行して進める方法はないだろうか」

七月に入った。このままでは時間だけが過ぎて行く。一人で悩んでも事態は進展しないとわかっていた。

鶴野大尉は自らが考えた線表を持って、直属の上司である設計主任山名正夫少佐に相談した。

一週間後、鶴野大尉は山名少佐に呼ばれた。

「鶴野大尉、廠長の和田中将はＪ７Ｗへの期待が大きいようだ。航空本部との検討会をはじめとして、軍令部と航空本部に約束したＪ７Ｗの早期実現のためなら協力を惜しまないと言っている」

どうやら山名少佐は佐波少将に相談し、佐波少将は話を和田中将へあげたようだ。

和田中将が主催した検討会は、飛行機部設計係の小谷敏夫大尉が前翼型機に惚れ込み、航空本部や軍令部に働きかけて実現したらしい。その影響か、検討会には軍令部の航空主務三代辰吉中佐も参加したようだ。

和田中将はＪ７Ｗの早期実現を明言しており、なんとしても成功させなければならないのだ。

山名少佐はいくつかの決定事項を述べた。

「和田中将は航空本部と協議した。その協議の結果である。

Ｊ７Ｗの木型審査は、飛行実験で使用した滑空機を用いて行うのを認める。艤装、兵装の設計を三菱の技術陣に担当させる。Ｊ７Ｗの量産機を二年以内に完成させるよう厳命した。

三菱の技術陣だが、小沢久之亟技師が三菱の技術陣を率いてＪ７Ｗの試作に参加する。小沢技師は、これまで陸軍の重爆撃機の設計を務めてきた。艤装や兵装、それに大量生産に関して優れた創意工夫を取り入れ設計してきた。今度は海軍のＪ７Ｗの設計に携わるわけだが創意工夫は期待できる。

いいか。これよりＪ７Ｗの設計、製図に携わる要員として、飛行機部員の中から一二名を選び、お前の配下に置き空技廠としての体制を整える。三菱も同様に、基本設計を行う技術陣を整備する手はずになっている。

体制が整ったら、早急に基本設計、製造設計に入るようにせよ。なお、これからの作業場所は九州飛行機内とする。技術陣は空技廠、三菱を含め全員が九州飛行機で仕事をすることになる」

基本設計で作成した基本設計図とか一般図と呼ばれる図面が、製造設計の入力となる。製造設計は基本設計図をもとに原寸大の製作図面を作成する。そして、工場では製作図面をもとに部品を製造する。基本設計図に変更があれば製作図面も再作成となる。当然、部品も作り直しとなる。

基本設計図に変更がない場合でも、Ｊ７Ｗの製作図面は四五〇〇枚程度になると思われる。製作図面の作成は九州飛行機の担当だ。空技廠の場合、製図要員が一カ月に引ける製作図面は一五枚から二〇枚である。九州飛行機の場合はどうであろうか。

日米開戦以来、民間企業はたとえ熟練製図員であっても徴兵されて戦線へ送られている。熟練者の代わりは、工業学校を繰り上げ卒業した新人が配置される場合が多い。九州飛行機の場合も例外ではない。

また基本設計、製造設計では関係者が集まって頻繁に打ち合わせを行う。図面からは読み取れない設計の意図や目的を確認する必要があるからだ。

全員が九州飛行機内で作業を行うなら、必要な打ち合わせや意見交換を担当者に声をかけるだけでいつでも実施できる。これは時間的に大きな助けとなる。

鶴野大尉は、関係者が一堂に集まった開発体制なら、二年以内、つまり昭和一九年九月までに、Ｊ７Ｗの量産機を完成させられるのではと密かに自信を持った。

2

七月の下旬になっても、鶴野大尉のところには一人も技師や技手は配属されなかった。空技廠の業務量は開戦前に比べて数倍に膨れ上がり、職員のやりくりが難しくなっているのだ。

それでも八月に入ると、一人の技師と四人の技手が配属となった。佐波少将の苦労がわかる。

配属された技術者は、一週間ほどの準備期間を経て九州飛行機へ向かわせた。さらに八月中旬になると、二人の技師と五人の技手が配属されてきた。これで、Ｊ７Ｗの開発に携わる空技廠の技術者全員が揃ったことになる。

八月二四日月曜日、鶴野大尉は七人と一緒に東京駅から長崎行きの特急列車で博多へ向かった。まる一昼夜汽車に揺られて博多駅に、そして乗合自動車に乗って九州飛行機の門前に着いた。

すでに設計要員のほとんどは、九州飛行機に揃っているはずだ。

「鶴野大尉、久しぶりです。お待ちしていました」

「おう、これは河村技手。出迎えてくれたのか」

門まで迎えに来たのは 宗川少尉とともに滑空機の設計に携わり、八月初めにJ７Wの開発要員に指名された河村一技手だった。

「鶴野大尉、皆さんが待っています。案内します」

河村技手が先に立って歩き出した。鶴野大尉は河村技手と建物の二階にある大きな部屋に入った。

「ここが設計部の部屋です」

河村技手が扉を開けながら言った。鶴野大尉は部屋に足を踏み入れた瞬間、人々の熱気を感じた。

「九州飛行機は並々ならぬ決意で新型機の開発に取り組んでいる。J７Wの開発体制は、三菱重工業や中島飛行機に負けぬくらい充実している」

技術者が感じる独特の熱気であった。

設計室は大きな部屋で、部長室や課長室などの個室はなく、窓側に管理職の席がある配置になっている。空技廠からの派遣者も同じ部屋で仕事をしている。

「野尻設計部長、空技廠の鶴野大尉をお連れしました」

野尻部長は椅子から立ち上がり、机の前に出て挨拶した。

「鶴野大尉、お待ちしていました」

鶴野は堅苦しいのが苦手だ。

「野尻部長、鶴野と呼んで下さい。私も野尻さんと呼びます。気を使うのは、どうも苦手で」

これを聞くと野尻部長が笑った。

「やはり鶴野さんは噂通りの人だ。これからよろしくお願いします」

「いえ、こちらこそ」

空技廠内には身分を問わず、誰でも自分の意見や考えを言える自由さがある。九州飛行機内も空技廠と同じように、誰もが自由に自分の考えを言えるらしい。

「野尻さん、ここはみんなが生き生きして活気がある」

「全員、戦闘機の製造に携われると張り切っているんですよ」

九州飛行機は六月に前翼型機の正式な試作命令を受け取ると、山本社長は感激し、全社をあげてJ7Wの開発を進めると宣言した。そして技術陣、製造部門の大々的な編成替えを行い、開発体制を整えたという。

設計陣は野尻康三設計部長のもと、小沼誠技師以下四〇名の専門設計課を新設した。製造部門も現在試作中の対潜哨戒機中心の体制から、J7W中心の体制へシフトした。製造部門には一二〇名以上が配置された。

鶴野大尉も激励するように話した。

「空技廠長の和田中将も、不退転の決意でJ7Wの成功に賭けています。空技廠飛行機部からの要員も、私を含め一三名全員が揃いました。これから最後の図面が出図するまでお世話になりますので、よろしくお願いします」

野尻部長が鶴野大尉の手を取って言う。

「大歓迎です。九州飛行機は予定通り一年後に試作機を完成させられるよう、社内体制を整えました」

野尻部長は全社をあげ、J7Wの開発に取り組むと言っている。九州飛行機にとって、空技廠から派遣された製図員の技手九名は、九州飛行機の製図員を指導できる優秀な技術者であり、Ｊ７Ｗ早期実現の大きな戦力となる。

野尻部長が言う。

「三菱さんも全員が揃っています。紹介しますので、こちらへ」

大きな部屋の東側は、三菱から派遣されてきた技師二名と二〇名の設計要員が机を並べていた。

野尻部長が紹介した。

「三菱の技術陣全体をまとめる小沢久之亟技師です。こちらが、小沢技師を補佐する畠中福泉技師です」

「空技廠の鶴野です。全員が一丸となって、前翼型機の早期実現に臨みましょう」

「小沢です。私はこれまで陸軍の九七式重爆、一〇〇式輸送機を手掛けてきました。つい先日、陸軍の次期重爆の設計を終えて九州飛行機へやってきました」

次期重爆とは、三菱が昭和一五年九月から試作を進め、二年後の昭和一九年八月に制式採用となる四式重爆『飛龍』である。

三菱は点検や整備のしやすさに加え、製造の容易さを最大限に考慮する方針で設計を行った次期重爆の試作機を製造中だ。Ｊ７Ｗも同じ考えで艤装や兵装を設計する。

空技廠は三菱に対し、Ｊ７Ｗで整備、製造の容易さを追求した艤装設計の専門家を派遣するように要望を出した。これに応えて三菱は小沢技師を派遣してきたという。

「三菱名古屋から来た畠中です。これまで零戦や雷電の設計に携わってきました」

雷電はまだ多くの問題を抱えているようだが、畠中技師が担当した部分の問題は解決済みだという。

これでＪ７Ｗの設計体制が整ったことになる。

「設計室全体を見ると、机の配置は部屋の中央に空技廠、西側に九州飛行機、東側に三菱重工業となっている。野尻部長が悩んだ末に考えた机の配置なんだろうな」

この後、鶴野大尉は九州飛行機の製造現場を見てまわった。

翌日の午前、鶴野大尉は空技廠、九州飛行機、三菱合同で初の検討会を開いた。検討会が始まるなり、小沢技師が重大な提案をした。

「よろしいか。ターボジェット発動機が、期日までに計画通りの性能を確実に実現できる保証はあるか。雷電の例もある。発動機選定は慎重に行うべきである」

発言を聞いて野尻部長は驚いている。鶴野大尉は冷静に聞いた。

「小沢技師の真意がわかりかねる。いったい何が言いたいのか」

小沢技師が話し始めた。

「私は、ターボジェット発動機が間に合わない場合を考えるべきと申し上げている。前翼型機が従来の航空機に比べ、性能的に大きく優れていることは十分理解している。機体設計に必要なデータも揃っている。

そうであるなら、予定期間以内に確実に量産機を完成させるため、万が一に備えてピストン式発動機を搭載する機体の試作も考えるべきだ」

小沢技師の提案は、鶴野大尉も一度は考えた内容であった。鶴野大尉は小沢技師の真意を確かめるように聞いた。

「小沢技師は、二種類のＪ７Ｗを試作すべきと言われるのか」

「その通りである。つまり、これは一種の保険と考えてもらいたい」

「Ｊ７Ｗを二種類試作するとなれば、当然、設計から機体組み立てまで、より多くの時間を費やすことになろう。そうなれば、来年八月末に機体組み立てを終え、九月末に初飛行を行う計画が守れなくなる。それは許されないのだ」

小沢技師が胸を張って言った。

「その心配は無用と考える。前翼型機の研究は完璧と認識している。問題が発生する可能性は機体では起こりにくく、むしろ発動機のほうが心配である。

発動機をターボジェットにするか、それともピストン式にするかによって、機体に及ぼす主な違いは胴体の構造関連であろう。それも、大きな違いになるとは考えにくい。

もちろん、主輪や主翼への影響も出てくるが、それは二次的と考えていいはずだ。

艤装、兵装の設計は三菱に任せてもらえる約束だ。三菱はターボジェット、ピストン式発動機、どちらの発動機が搭載されてもいいように、社内で艤装に関する検討を行ってきた。三菱は予定期日内に胴体が異なる二種類の試作機を設計できる態勢を整えてきた。

プロペラを装着すれば、機関砲の薬莢を機体の外へ排出できない。この対応方法も検討済みである。機体が被弾したとき、搭乗員が安全に落下傘降下する方策についても検討済みである。

空技廠が示した通り、Ｊ７Ｗの胴体設計に関しては三菱に任せてもらいたい」

鶴野大尉は確認するように聞いた。

「基本設計から製作図面作成、冶具製作、部品製造まで、与えられた期間は八カ月である。この期間を超えれば、試作機を期日内に製造するのは難しい。この点についてはどうか」

「冶具製作、部品製造に関しては九州飛行機に確認していただきたい。ただし設計作業に関しては、すでに作業の進め方を考えてあり、必ず期日内に完了できる。それよりターボジェット発動機の早期実現が可能か心配だ」

小沢技師は、やはりいつまでも解決できない雷電の振動問題がトラウマになっているように思われた。

鶴野大尉が野尻部長に聞いた。

「野尻部長、二種類の試作機製造について、どのように考えますか」

「九州飛行機としては、試作機が二種類になろうが設計さえ遅延なく進み、予定通り完了すれば、冶具製作、部品製造、機体組み立ては計画通り完成させられる」

鶴野大尉に、従来通りのピストン式発動機を搭載する試作機の製造を拒否する理由はなくなった。

「それでは、二種類の試作機を製造することに同意する。期日内に間違いなく設計を終えるよう強く要望する」

小沢技師は笑顔で了解した。

設計方針が決まると、基本設計の作業が猛烈な勢いで進み始めた。

J7Wの主翼、前翼、垂直尾翼、胴体の形状など、機体設計で必要になるデータは滑空機の飛行試験ですべて揃えられている。基本設計はこのデータをもとに強度試験用のゼロ号機、ピストン式発動機の一号機、ターボジェット発動機の二号機の設計図を作成する。

九月中旬、最初の基本設計図が出図されてきた。ただちに製作図が作成され、製造現場へと送られる。製造現場では製作図をもとに部品を製造する。基本設計図が出図されると、製作図、部品製造まで一つの工程のように流れ作業方式で進められる。

一〇月に入ると担当者は作業に慣れてきた。次から次へと毎日のように基本設計図が出図され、一刻の滞りもなく流れ作業方式で部品が製造される。設計変更がなければ、予定通り一二月末までにJ7Wの基本設計を終了できる見通しとなった。

一一月初旬、飛行機部長佐波少将が九州飛行機を訪れた。鶴野大尉は佐波少将の姿を認めて挨拶した。

「これは部長、視察ですか」

佐波少将は苦笑いをしながら言う。

「何を言うか。お前から報告がないので、震電の開発がどうなっているか確認しに来たのだ」

鶴野大尉は怪訝《けげん》そうな表情で聞いた。

「震電とはなんですか」

「そうか。お前は知らなかったのか」

佐波少将は鶴野大尉が思いもよらない話をする。

「七月に陸海軍中央協定会議が開かれたのは知っていよう」

鶴野大尉が空技廠を離れたのは八月下旬だ。ただ、鶴野は陸海軍中央協定などに関心はなく、会議が開かれたことも知らなかった。

「はあ、そうなんですか」

佐波少将はあきれたように言う。

「お前らしいな。興味のないものには関心を示さない。いいか、中央協定によりターボジェット発動機は陸海軍の共同開発と決まった。

ターボジェット発動機の称号も、陸軍の提案により燃焼の『ネ』で呼ぶことになった。だから、空技廠でもTR二〇をネ二〇と呼んでいる。

それはそれとして、空技廠はターボジェット発動機の開発データを民間に開放した。目的は民間企業が独自の研究で、より強力なターボジェット発動機を開発するためだ。

海軍が望むのは、ネ二〇より強力な三〇〇〇馬力級のターボジェット発動機の実現だ。空技廠も、より強力な発動機の研究を続ける。

これから開発する三〇〇〇馬力級の発動機は、空技廠がネ三〇、石川島がネ一三〇、中島と日立の共同開発がネ二三〇、三菱と新潟鐵工の共同開発がネ三三〇の名称と決まっている」

鶴野大尉は空技廠がネ二〇を開発しているのは知っていたが、すでに将来を見込んで、より強力な発動機に取り組んでいるとは驚きであった。

「この一一月に海軍は制度の見直しを行った。そのなかで新型機の実用化に影響を与えそうなのが、機関科と兵科の統合かもしれない。なぜなら、宗川中尉は機関中尉から兵科出身者と同じ扱いとなる中尉となったからだ。

それから、海軍はこれまでの造兵の名称を技術と変えた。お前は技術大尉だ」

鶴野大尉は宗川中尉を思い出して口にした。

「航空学生の教育を終えたら、宗川中尉には是非ともJ７Wの開発に戻ってほしいと思っていた。しかし宗川中尉は、おそらく最前線の部隊に配属されるだろう。空技廠へ戻ってくる可能性は低いはずだ」

佐波少将は、鶴野大尉の思いを無視するように言う。

「そのJ７Wだが、八月末に航空本部はJ７Wへ正式に局地戦闘機『震電』の名称を与えた。これからはJ７Wを震電の名称で呼ぶように」

「わかりました。それで震電と言ったのですね」

鶴野大尉にとっても、J７Wより震電のほうが語呂合わせがよく、呼びやすい。

この後、鶴野大尉は佐波少将に震電の開発状況を説明した。佐波少将は震電の開発が順調に進んでいることを確認すると、笑顔で横須賀へと戻って行った。

一二月二五日金曜日、三菱から最後の基本設計図が出図された。

小沢技師が九州飛行機を去る挨拶をした。

「鶴野大尉、基本設計を終えたので三菱の担当者は名古屋製作所へ引き上げます。お世話になりました」

「ご苦労様でした。三菱さんのお陰で、震電は計画通りに基本設計を終えられた。ところで、小沢さんのこれからの予定は」

「三菱は震電の大量生産に携わる予定と聞いています。震電を製造する工場は鈴鹿製作所になると思います。

私は名古屋製作所に戻った後、鈴鹿製作所の改修内容をまとめ、震電の大量生産に向けた準備を進める仕事につくでしょう。鶴野大尉、今度は鈴鹿製作所でお会いしましょう」

その後も震電の開発は問題も発生せず、順調に進捗した。

昭和一八年三月末、九州飛行機設計部から最後の製作図が出図され、四月末にはすべての部品が揃った。五月からは十分な時間をかけ、部品一つ一つに不具合がないか確認しながら、震電の組み立て作業を行う。

計画通りに五月一日から震電の試作機三機の組み立てが始まった。八月末には三機の震電が完成する予定である。

3

一方、ターボジェット発動機の開発状況である。昭和一七年一月にジェット推進研究班は、正式に空技廠発動機部研究第二科となった。科長は種子島時休中佐、主務部員は永野治少佐だ。

ターボジェット発動機TR二〇は、試運転前の動作確認でベアリングや圧縮翼、タービン翼など、一〇〇項目近い問題が見つかった。その中には部品設計からやり直す必要のある重大な問題も含まれていた。

特に圧縮翼とタービン翼の問題は深刻だった。試運転を前に、誰もがTR二〇の開発は無理なのではと思うほど深刻な状況だったと言える。

ところが、数百項目にものぼった問題点は、永野少佐の超人的な働き、研究第二科全員の必死の努力、艦政本部、東京大学、東北大学の協力により次々と解決していった。五月末時点で、TR二〇が抱える問題はタービン翼の亀裂問題のみとなった。

七月になると、TR二〇は陸海軍の協定によってネ二〇と呼ばれるようになり、その開発データが民間にも開放された。民間企業を巻き込み、より強力なターボジェット発動機を開発するという試みである。

七月二七日の月曜日、三菱名古屋発動機製作所に勤務する西沢弘技師は、出社すると深尾淳二所長に呼ばれた。

西沢技師は所長室の扉をノックした。所長室では小室俊夫技師がソファに座っていた。

「おう、来たか。まあ、かけたまえ」

西沢技師が座ると、深尾所長はすぐ本題に入った。

「ほかでもない。二人には横須賀へ出張してもらいたい。三〇日に横須賀の海軍航空技術廠で、新しい発動機についての会議がある。その会議に出席してもらいたいのだ」

西沢技師は面食らって質問した。

「空技廠ですか。いったい何があったのですか」

三菱の金星発動機は、燃料と潤滑油を注げばただちに飛び立てると言われるほど抜群の安定性を見せている。何も問題はないはずだ。

西沢技師には、空技廠から呼び出しを受ける理由が思い当たらなかった。

深尾所長の話は西沢技師の思惑とまったく違っていた。

「三菱の発動機に問題が発生したのではない。空技廠は、これまでと原理が異なる新しい発動機を開発したそうだ。なんでもターボジェット発動機というらしい、ターボジェット発動機はこれまでの発動機に比べて構造が簡単で、出力が大きいという。

空技廠は、その発動機の開発データを民間に開放すると言ってきた。これには民間企業を巻き込み、より強力な発動機を実現させたいとの思惑があると見ている。会議には石川島や中島からも技術者が出席するそうだ」

「わかりました。新しい発動機とはどんなものか、この目で確かめてみたいものです」

二九日の夜、西沢技師と小室技師は鎌倉の旅館に泊まった。三〇日は午前九時の会議に間に合うよう朝早く旅館を出発した。

空技廠に着くと、本館のそれほど大きくない会議室に案内された。すでに石川島と中島の担当者が席に座っていた。

午前九時、空技廠の種子島中佐と永野少佐が会議室に入ってきた。ターボジェット発動機の説明は永野少佐が行った。

「皆さんの手元には、ターボジェット発動機の設計図と関連資料があると思う。確認して下さい。関連資料の中には開発で得た貴重なデータが含まれています。取り扱いには十分な注意をお願いします」

永野少佐は配布した資料の名称を読み上げて確認した。

「資料は揃っていますね。では、始めます。ターボジェット発動機はネ二〇の名称で呼んでいる」

最初にその諸元について説明する。

「ネ二〇の要目性能である。発動機の大きさは全長三〇〇〇ミリ、直径六二〇ミリ、重量四五〇キログラム。空気圧縮機は八段の軸流式、最大回転数は毎分一万一〇〇〇回転、そのときの圧縮比は三・〇。空気流量は毎秒一四・八キログラムで、ネ二〇の性能は燃焼ガス温度摂氏七〇〇度、推力四七五キログラムとなる。この出力は二〇〇〇馬力級の発動機に匹敵する」

感嘆の声があがった。

出力が二〇〇〇馬力級で重さが四五〇キロ、この重量はピストン式発動機の半分以下である。そのうえ直径がわずか六二センチと小さい。

表面積を小さくしたい戦闘機にとって、ネ二〇は非常に優れた発動機と考えられる。この説明だけで、ターボジェット発動機の優秀性がわかる。

永野少佐は配布した資料をもとに、ターボジェット発動機の動作原理から将来性までの説明を終えた。

中島飛行機の田中孝一郎技師が質問した。

「ネ二〇は二〇〇〇馬力級の推力四七五キロとの説明であった。これ以上の出力を得る可能性はないのか」

永野少佐が答える。

「初期のネ二〇は最大推力が四七五キロであった。東北大学の指摘により改良した圧縮機で試験したところ、空気圧縮比が三・二に、推力は五七〇キロまで上昇した。つまり、ネ二〇は改良によって出力を向上させる余地があるとわかった」

田中技師はさらに質問した。

「この設計図は、改良された圧縮機のものか」

「もちろん、圧縮機は改良されたものである」

永野少佐はその後も出席者からの質問に対し、

ターボジェット発動機に関する世界各国の現状など、知り得た情報も含め丁寧に対応した。

会議の出席者は、全員が物理学の豊富な知識と機械工学の専門知識を持っている。社内に戻れば航空機用発動機の開発をまとめる優秀な技師だ。長時間に及ぶ会議にも誰もが高い関心を持ち続け、ターボジェット発動機について理解を深めたように思われた。

永野少佐は現時点で未解決な問題点に触れた。

「ネ二〇は一五時間から二〇時間ほどの運転時間で、必ずと言っていいほどタービン翼に亀裂が入る。その原因は、金属疲労ではないとわかっている。つまり原因を特定できず不明のままである」

各企業の担当者は、永野少佐の隠しだてしない説明を信頼したようだ。西沢技師も永野少佐に全幅の信頼を寄せた。

永野少佐が決意を込めて述べた。

「タービン翼の亀裂問題は、空技廠で必ず原因を突き止めて解決する」

永野少佐の説明が終わると、種子島中佐が立ち上がって空技廠の要望を述べた。

「各社にあっては、ネ二〇の性能を上回る三〇〇〇馬力級のターボジェット発動機を開発してほしい。もちろん、空技廠でも三〇〇〇馬力級発動機の開発を試みる。

それから空技廠の独断ではあるが、これから新たに開発するターボジェット発動機の名称を決めた。空技廠の発動機をネ三〇、石川島の発動機をネ一三〇、中島の発動機をネ二三〇、三菱の発動機をネ三三〇とした。よろしいな」

会議は半日で終了した。

その日のうちに、西沢技師は小室技師と一緒に横浜駅で特急列車『つばめ』に乗った。名古屋駅に着いたときは夜になっていた。

小室技師が言った。

「今日は、もう遅い。報告は明日にするか」

小室技師は西沢技師より先輩である。

「そうですね。明日にしましょうか」

その日は二人とも自宅に戻って休んだ。

三一日朝、西沢技師は名古屋発動機製作所に出社すると、真っ先に所長室をノックした。

「おはようございます、西沢です。所長、昨日のネ二〇について報告します」

「待っていたぞ」

西沢技師はネ二〇についてひと通り説明した。説明を聞き終えると、深尾所長は自らの考えを述べた。

「海軍は想像していたように、ネ二〇では力不足と考え、より強力な三〇〇〇馬力級の新しい発動機がほしいのだな。これは私の推測だが、空技廠はターボジェット発動機を搭載した次世代の戦闘機を開発している。

それで一日も早く、より強力な発動機を開発しようと、三菱、石川島、中島の三社に競わせようとしているのだ。数社が同時に開発に乗り出せば、うまくいけば一気に戦闘機用と爆撃機用のターボジェット発動機が実現できるかもしれない。

戦局を考えれば、現状のままだと日本はジリ貧に陥り、将来図が描けなくなる。これはなんとしても避けなければならない」

六月に行われたミッドウェー海戦の結果は、国民には知らされていないが、三菱の社内には日本軍の敗戦を知り得る人物がいる。深尾所長もその一人である。

深尾所長が少し考える仕草を見せた。

「石川島と中島は空技廠が望む通り、推力九〇〇キロの発動機を目標として開発に着手するだろう。そうであるなら、三菱はより強力な、例えば推力一二〇〇キロ程度を目標にすべきではないのか」

西沢技師は驚いて聞いた。

「いきなり推力一二〇〇キロの発動機ですか。推力一二〇〇キロは、ピストン式発動機に換算すると四〇〇〇馬力級に相当します」

深尾所長は諭《さと》すように言う。

「空技廠、石川島、中島が推力九〇〇キロを目標とした場合、三菱までが同じような出力の発動機開発に取り組む意味が、どこにある。

次世代の航空機が、機体に相応しいターボジェット発動機を選択できるようにすべきとは思わないか。そのためには、同じような出力より異なる出力を持つ発動機を開発すべきだ。

だから三菱は、石川島や中島より強力な発動機を開発すべきなのだ。三菱の技術力をもってすれば、推力一二〇〇キロのターボジェット発動機を開発できるはずだ」

西沢技師は覚悟を決めて答えた。

「わかりました。三菱は四〇〇〇馬力級の推力一二〇〇キロを目指し、発動機の開発に取り組みます」

昭和六年当時、三菱名古屋製作所の発動機部門は、航空機用発動機として水冷方式のイスパノ発動機を主力としていた。だが、この発動機は次から次へと解決困難な重大な問題を抱え、発動機部門は不振のどん底にあった。

どん底から一刻も早く脱却するために送り込まれたのが、三菱長崎造船所で主にディーゼル機関を担当していた深尾淳二技師だ。

深尾技師は水冷方式に頼っていた航空機用発動機を、全面的に空冷式へ大転換する決意を固めて取り組んだ。そこから生まれたのが、社内でA8と呼ばれる『金星』発動機であった。

金星発動機は九三式艦上攻撃機、九式艦上攻撃

機、九式陸上攻撃機の発動機に採用され、三菱名古屋製作所発動機部門を救ったのだ。

　今では、安定性抜群の金星発動機は中島の栄発動機とともに、日本陸海軍の航空機用発動機を二分するほどまでに成長した。その実績から深尾所長は名古屋製作所発動機部門で神のような存在となった。西沢技師にとって、深尾所長の言葉に異議を唱えることなど、とうていできない話である。

　八月に入り、深尾所長は数日考えたうえでネ三三〇の開発体制を発表した。総括を西沢弘技師とし、圧縮機担当に鈴木春男技師、燃焼器担当に吉井久技師、小林克己技師の両名、タービン担当に中野信技師、二木明技師の両名、補機及び駆動装置担当に小仲清一技師を指名した。

　西沢技師は、ネ三三〇開発に指名された技師全員が参加するターボジェット発動機の勉強会を行うと宣言した。

「これから空技廠の資料をもとに、ターボジェット発動機の勉強会を行う。よろしいか」

　西沢技師の宣言に全員が賛意を示した。ターボジェットを初めて聞く技師がいる。名前は知っていても中身はまったく知らない技師もいる。賛意は当然だった。

　勉強会が始まって一週間、西沢技師は深尾所長に呼ばれた。西沢の顔を見るなり、深尾所長は意味深な話を始めた。

「西沢君、空技廠からＪ７Ｗの設計支援要請が届いた。Ｊ７Ｗとは前翼型の戦闘機で、九州飛行機が試作を担当し、ターボジェット発動機を搭載する構想のようだ。名古屋製作所は、Ｊ７Ｗの設計を統括する班長に小沢技師を指名した。

　名古屋製作所は昨年の四月から佐々木君をまとめ役として、金星を一八気筒化した航空機用発動機Ａ二〇を開発中である。Ｊ７Ｗは、ターボジェット発動機を搭載する構想でまとめられている。

我が国はターボジェット発動機を開発中で、まだ完成に至っていない。この先、Ｊ７Ｗにどのような問題が発生するか誰にもわからない。それでもＪ７Ｗは、何があっても成功させなければならない。

そこで小沢君には万が一の場合に備え、Ｊ７ＷにＡ二〇を搭載できる設計を進めるよう指示した。君は小沢君と連絡を密に取り合い、Ａ二〇の情報を伝えると同時に、Ｊ７Ｗの設計状況を把握してもらいたい。

これは、ターボジェット発動機開発の遅れを考えた措置である。なお、空技廠に対しては私のほうで対応する」

念には念を入れるという三菱の考えか。西沢技師は疑問を感じつつも、深尾所長の考えを承諾した。

「承知しました。小沢技師とは密に連絡を取り合います」

西沢技師は勉強会の部屋に戻った。ネ二〇の開発資料は充実しており、勉強会は思ったより早く終了した。次は、ネ三三〇をどのような発動機にするかの概要設計である。

西沢技師は一人で基本案を練り、それを全技師で検証する方法で概要設計を進めた。全員が集まり、知恵を出し合って検討する方法もあるが、それでは意見集約に時間がかかってしまうからだ。

西沢技師は基本案を考えるにあたって、推力一二〇〇キロをいかにして実現するかに絞って構想を練った。一週間ほどで構想がまとまり、全員に説明した。

「基本案は、ネ三三〇の推力を一二〇〇キロと決めて全体の構成を計算した」

誰もが推力一二〇〇キロは深尾所長の意向だと

知っている。基本案に対する異議は出なかった。

　基本案の検討は二週間ほど続いた。検討の結果、概要設計の要目がまとまった。

　圧縮機軸流七段、圧縮比三・〇。燃焼室、直流型七個。タービン、軸流衝動型一段。寸法、全長四〇〇〇ミリ、直径八八〇ミリ、重量一一六〇キログラム。回転数、毎分七六〇〇回転。離昇推力、一二〇〇キログラム。

　開発線表は、来年三月末までに総組み立てを終えて四月から試運転開始、さらに一年間の社内試験を終えて量産機を完成させる。つまり、昭和一九年四月にはネ三三〇の量産に入るという線表である。

　さすがは三菱だ。開発作業は順調に進み、一二月には基本設計を終えて最後の設計図が試作工場へ出図された。

　西沢技師はひと息をつき、小沢技師から送られてきた震電と命名されたＪ７Ｗの基本設計図を確認した。

「Ａ二〇とネ三三〇の違いをうまく吸収した設計になっている。ネ三三〇の直径は八八〇ミリだが、Ａ二〇の直径は一二三〇ミリもある。Ａ二〇のほうが三五〇ミリも大きい。それに、Ａ二〇は強制空冷ファンや燃料噴射ポンプなどの補機も必要になる」

　西沢技師は、震電の基本設計図を咀嚼《そしゃく》するように見る。

「基本設計図を見ると、震電の胴体はＡ二〇を無理なく搭載できる大きさがある。Ａ二〇を搭載した場合、発動機本体から一メートルの延長軸が伸び、その先に減速機、それからプロペラシャフトに繋がり、プロペラをまわす構造になっている。

　発動機を載せる胴体部分の寸法は、Ａ二〇の補機を加えた長さとネ三三〇の長さが一致するよう、延長軸で調整してあるようだ。小沢技師の工夫の跡が見られる」

西沢技師は、これでネ三三〇の開発に専念できると安心した。

組み立てが終わり試験運転に入ると、ネ三三〇は当然のように数々の不具合に見舞われ、対策に追われる日々が続いた。

ネ三三〇はおよそ一年間の試運転期間内に、改良を加えながら圧縮機は五種類、燃焼室は四種類、タービンは九種類も作り直した。

ようやく試運転に合格するのは昭和一九年になってからとなる。

4

昭和一八年五月二日、九州飛行機の工場に据え付けられた治具の上に震電の胴体部分が置かれ、試作機三機の組み立てが目に見える形で始まった。組み立て工事は大きな問題も発生せず、計画通り順調に進捗した。

五月下旬になった。二二日の朝、鶴野大尉はいつものように出社した。

自分の席に座ると、小沼設計課長と副課長の清原邦武技師が新聞を見ながら、何やら話をしている様子が見えた。

鶴野大尉が二人に声をかけた。

「どうしたのか」

戸惑ったように清原技師が答えた。

「鶴野さん、これを見て下さい。四月に連合艦隊司令長官の山本五十六大将が戦死したようです」

二人は山本長官の国葬を報じる新聞記事を見ていたのだった。

大本営は、前日の二一日午後三時にラジオ放送で山本長官の戦死を発表している。鶴野大尉は昨日のラジオ放送で山本長官の戦死を知った。新聞には山本長官の戦死を惜しむ談話が載っていた。

鶴野大尉が危惧するのは、山本長官の戦死によって海軍の戦略が変化することだ。前線の将兵は先のことよりも、目の前の戦局をいかにして乗り越えるかを第一に考える。当然、震電よりも一機でも多くの零戦をという声が大きくなる。

すると海軍中央が、前線の要望に惑わされる恐れがある。鶴野大尉の心配はここにあった。

鶴野大尉は言った。

「一日も早く震電を完成させなければ、日本の将来に不安が残ってしまう。山本大将のためにも、ここは皆で力を合わせ頑張りましょう」

普段の鶴野はこのような言葉を絶対に言わない。鶴野自身、なぜこんな言葉を発したのか自分でもわからなかった。

九州飛行機における震電の組み立て作業は順調だった。六月一三日には材料審査を終えた。翌日に工程五〇パーセントでの第一回構造審査を受けたが、問題もなく審査を通った。

そんな折、またしても暗い情報が飛び込んできた。一六日に三重県の鈴鹿航空隊で試験飛行中の雷電が墜落し、空技廠飛行実験部の歩足工大尉が殉職したというのだ。

墜落の原因は尾輪のオレオ支柱がわん曲し、脚上げと同時に昇降舵の軸管を圧して下げ舵となったためと判明した。これで、今年中に雷電を三六〇〇機製造する計画は夢と消えた。

その一方で、九州飛行機における震電の組み立て作業は、計画よりも数日ほど前倒しで進んでいた。

七月三日に工程七五パーセントの第二回構造審査、八月一三日に工程九〇パーセントの第三回構造審査に合格した。二八日には、計画より三日早くすべての組み立て作業が終了した。

鶴野大尉は感無量の心境で震電を見つめた。

「九月一日の完成審査を通らなければいけない。勝負はこれからだ」

九月一日午前一〇時、震電の完成審査が始まった。出席者は、航空本部から伊東裕満大佐と小谷敏夫技術少佐、空技廠飛行実験部から小福田租少佐、軍令部から航空主務の源田実中佐、陸軍航空本部の安藤成雄技術少佐である。

伊東大佐は航空本部で新型機の計画をまとめる仕事についており、完成審査では審査長を務める。小谷少佐は空技廠設計部員だった頃から、前翼型機の開発を積極的に推して周囲を説得していた。

「まず、鶴野大尉から震電の試作機について説明を受ける」

鶴野大尉は一号機と二号機を試作した理由や違いについて説明した。この後、質疑応答が行われ、鶴野大尉は滞りなく説明を終えた。

午後は審査員による震電の完成審査となる。

伊東大佐が発言した。

「これより九州飛行機の案内で震電の審査を行う。野尻部長、よろしいかな」

野尻設計部長が一人の技師を呼んだ。

「設計課副課長の清原邦武技師です。皆さんを格納庫へ案内します」

清原技師が案内して格納庫へ向かった。

「ああ、震電だ！」

小福田少佐が格納庫に入るなり、大きな声をあげた。小福田少佐は木更津基地で宗川中尉から前翼型滑空機の説明を受けている。その直後にラバウルへ赴任して行った。

清原技師が説明する。

「これが強度試験用のゼロ号機、こちらがプロペラ機の一号機、その向こうにあるのがターボジェット発動機の二号機です」

伊東大佐が清原技師の言葉を聞きながら口にした。

「レシプロ発動機用とターボジェット発動機用、震電は二種類の発動機に対応するよう、見事に機体を仕上げたな。感服する」

完成審査を通すには、このような言葉が有利に働く。清原技師は一号機に近づき、震電の説明を始めた。

「一号機は従来のプロペラ機です。ただし、発動機の出力が大きいためプロペラは六翅になっています」

一同は一号機に取り付き、部品に異常はないか、部品の取り付けは正常かなどをじっくり見てまわった。

源田中佐が感想を述べた。

「発動機の大きさの割に胴体が太いな。鶴野大尉は、いつも四〇〇ノットと言っていた。高速性能を求めるなら可能な限り空気抵抗を減らすため胴体は細く絞り込むものだ」

小福田少佐が、源田中佐の質問を補足するように聞いた。

「一号機は計画通り、三菱のハ四三発動機を搭載しているのか」

清原技師は額《ひたい》に汗を滲ませ答える
「いえ、空技廠から送られてきたのは中島の『誉』発動機です。ハ四三は、まだ完成していないようです」

小福田少佐が助け舟を出すように言った。

「ハ四三が未完成なら、代わりに誉で試験飛行を行うのも仕方ないか。ハ四三が量産機の生産開始までに間に合えばいいが」

ハ四三は三菱が中島の『誉』発動機に対抗し、信頼性
深尾名古屋発動機製作所長が鶴の一声で、信頼性

抜群の『金星』を一八気筒化した新発動機の開発を命じた。開発着手が遅かった分、完成時期が遅くなるのはやむを得ない。

清原技師は胴体の太さの理由を説明した。

「三菱によると、ハ四三は直径一二三〇ミリ、重量九六〇キロ、離昇出力二二〇〇馬力となっています。一方の誉は直径一一八〇ミリ、重量八三五キロ、離昇出力二〇〇〇馬力です。

二〇〇馬力の違いは大きいので、鶴野大尉はターボジェット発動機が駄目ならハ四三を搭載したいと考えたようです。

ハ四三は初飛行に間に合いません。鶴野大尉はやむを得ず、初飛行を空技廠から送られてきた誉で実施すると決めました」

源田中佐が納得したように言う。

「震電の開発を遅らせるわけにはいかない。妥当な判断だと思う」

ここで清原技師が裏話を明かした。

「三菱は、震電の発動機をネ三三〇かハ四三にすべきと考えていたようです。基本設計工程では三菱から大勢の技術者が応援に駆けつけました。三菱の技術陣は自ら申し出て、発動機を装備する胴体の設計を担当しました」

小福田少佐が思い当たるように言った。

「だからか。震電の胴体は雷電の胴体とそっくりだ。震電の胴体を前と後ろを逆にし、雷電の胴体に重ねると寸法が合うと思う」

小福田少佐が装備された発動機をさして言う。

「発動機本体は主翼に載る位置にあり、そこから長い延長軸でプロペラと結んである。長い延長軸は振動問題を発生しかねない。この点は大丈夫か」

清原技師が答える。

「鶴野大尉は、二二〇〇馬力もの力を長い延長軸でプロペラへ伝える難しさを心配し、延長軸の強さを何度も計算していました。延長軸の剛性は、想定以上に強いものが必要とわかったようです。その結果、延長軸を支える支持円筒が太くなり、重量もかなりのものになりました」

小福田少佐が納得したように言う。

「それで、延長軸はこのように太い筒で覆われているのか」

小福田少佐は震電の主務担当者である。雷電の振動問題がいつも頭にあるようだ。

清原技師が二号機に近づいて言う。

「今度は二号機をじっくり見て下さい」

一同は二号機のまわりを一巡した。

一号機に比べて二号機の胴体は、先端から操縦席まで細く絞ってある。操縦席の直後に空気取り入れ口があり、そこからは一号機と同じ太さで噴出孔まで続いている。

安藤少佐が初めて口を開いた。

「大きな空気取り入れ口だな」

清原技師が答える。

「ターボジェット発動機は大量の空気を必要とするので」

安藤少佐はさらに聞いた。

「二号機にターボジェット発動機は装着してあるのか」

「もちろんです。空技廠から三基のネ二〇が送られてきました。そのうちの一基を二号機に装着してあります」

小福田少佐が二号機の胴体内を覗き込んだ。

「胴体内は、かなりの隙間があるな」

清原技師が説明する。

「空技廠によると、ネ二〇は長さ三メートル、直径六二センチ、重さ四五〇キロ、推力四七五キロとあります。こちらで計測したところ、すべて空技廠からいただいたデータと一致しました。

震電の制式機は、三菱のネ三三〇を装備する予定です。ネ三三〇の直径はネ二〇より二割以上大きいようです」

小福田少佐が確認するように聞いた。

「二号機の初飛行はネ二〇でやるのだな」

「そうなります。ネ二〇の推力は、ピストン式発動機の二〇〇〇馬力に相当します。出力を考えると、震電の初飛行は十分可能だと思います」

審査員一同は二時間ほどかけ、丹念に震電を見てまわり、会議室に戻ってきた。

会議室に戻ると伊東大佐が質問した。

「震電は、米国のB29を迎撃する局地戦闘機として開発する。そのためには高度八七〇〇メートルでの最高速度が四〇〇ノットに近い性能が必要になる。震電一号機は、ハ四三の代わりに誉を装備していると説明があった。誉で要求性能が出せるのか」

鶴野大尉は、このような質問が必ずあると準備していた。

「ハ四三は離昇出力二二〇〇馬力、高度八七〇〇メートルでの最大出力は一六六〇馬力となっています。計算では、高度八七〇〇メートルで一六六〇馬力なら最高速度は四〇五ノットの性能です。誉は高度八七〇〇メートルで一六二〇馬力を計測しており、ハ四三より四〇馬力低い出力です。誉での最高速度四〇〇ノット、時速七四〇キロは難しい性能です」

伊東大佐は確認するように聞いた。

「それでも四〇〇ノット近い速度は出せるのだな」

鶴野大尉は自信を持って答えた。

「計算では時速七三〇キロ、つまり三九四ノットの性能です。米国のP51ムスタングは、最高速度が時速七〇〇キロほどのようです。震電は発動機が誉でも、最高速度はＰ51ムスタングを上回ります」

小福田少佐は満足そうに言う。

「Ｂ29の護衛にＰ51ムスタングがついていても、米軍のＢ29やＰ51に十分対抗できる性能があるのだな」

鶴野大尉は補足するように説明した。

「震電の発動機が誉やハ四三の場合、五〇リットルの液体酸素を詰めた魔法壜を装備します。高度一万二〇〇〇メートルでも、液体酸素を気化させながら空気と混ぜて発動機内へ送り込み、出力を維持するので、一三分三〇秒間は四〇〇ノットを維持できます。

Ｐ51は水噴射方式で発動機出力を維持して最高速度を保つため、最高速度の持続時間は四分程度との情報が入っています」

伊東大佐は満足そうに言った。

「震電の審査は合格である。異議、意見のある者は」

全員、合格に賛意を示した。伊東大佐が念を押した。

「二七日には初飛行が予定されている。よろしいな」

完成審査は改修項目の指摘もなく通った。

鶴野大尉は思った。

「気を抜かずに地上走行試験を行わなければならない。下手をすれば、すべての努力が泡と消える運命が待っているかもしれない」

翌日から九州飛行機の手による地上走行試験が始まった。九州飛行機の人々は、全員が真剣な気構えで地上滑走試験に取り組んでいる。鶴野大尉の危惧など無用であった。

九月二〇日月曜日の昼頃、二七日の初飛行に向けて航空本部から伊東裕満大佐、空技廠飛行実験部の小福田租少佐、高岡迪大尉が九州飛行機に到着した。これから初飛行に向けた準備を行う。

高岡大尉は彗星艦爆、銀河艦爆の主務操縦士を務める一方で、独・英・米軍機の試験飛行も手掛けた熟練操縦士である。

鶴野大尉は、三人に震電の地上走行の状況について説明する。

「地上走行試験でいくつかの問題が発見されました。これらの問題は九州飛行機の技術陣の手ですべて解決しています。二七日の初飛行に向け、震電の地上走行試験は滞りなく順調に進んでいます。問題はありません」

二七日になった。震電の初飛行をひと目見ようと、海軍航空本部、軍令部のみならず陸軍からも一〇人ほどが駆けつけた。ただし、戦時中でもあり式典はなかった。

陸軍の蓆田《むしろだ》飛行場は福岡の市街地に隣接し、長さ一五〇〇メートル、幅六〇メートルの舗装された二本の滑走路が『ト』の字型に交わり、収容人員一〇〇〇名、大型掩体壕二つ、中型掩体壕三つを擁する大きな飛行場である。

午前一一時三〇分、高岡大尉が震電に乗り込んだ。高岡大尉は一週間ほど地上走行を行い、震電の初飛行に自信を見せている。

ターボジェット発動機独特の発動機音を残し、震電二号機が北北西の風に向かって滑走を始めた。初めはゆっくり、途中から急激に加速して行く。

「飛び立つぞ」

鶴野大尉は口に出して初飛行の成功を祈った。燃料は一五分の飛行分しか積んでいない。離陸重量を軽くした震電は滑走距離七〇〇メートルほどで離陸した。そして、脚を出したまま飛行場上空を一周し着陸した。

飛行時間はわずか七分であった。

鶴野大尉は震電に駆け寄り聞いた。

「どうだった？」

高岡大尉が笑顔で答えた。

「飛行は通常の航空機より安定しているように感じた。震電の完成度は高いように思う。あとは発動機の完成具合だな」

この日、博多市民の間では、前と後ろが逆になった飛行機の話で沸き返った。これから一年ほど、量産機完成に向けて震電の試験飛行は続く。

第5章　海軍第三一二航空隊

1

ラバウルでは正月もなく、大挙して押し寄せる米軍機を迎え撃つ日々が続いた。

昭和一九年一月一七日、ラバウルは前夜の雨とうって変わって快晴であった。搭乗員待機所は昨日の空戦での出来事など、出撃搭乗員の雑談で溢れていた。

「分隊士、今日の敵さんは一五〇機ぐらいかな。それとも二〇〇機以上の戦爆連合で来襲するかな」

いつも元気な小高登貫飛長が言う。

小高飛長は一二月にセレベス島ケンダリー基地の二〇二空から二〇四空へ異動してきた。早々にグラマン戦闘機二機を撃墜している。

岩本飛曹長が答えた。

「昨日が一五〇機ぐらいだったから、今日は二〇〇機以上だろう」

「よっしゃ、それなら相手に不足はない。やってやるぞ」

小高飛長は両手を叩いた。

今年から岩本飛曹長は、僚機となる二番機小高飛長、第二区隊の三番機遠藤二飛曹、四番機横山飛長を率いる小隊長として出撃している。それでも岩本飛曹長は、分隊長の宗川大尉機から目を離さなかった。

午前一〇時一〇分、セントジョージ岬の監視哨から『敵戦爆連合二〇〇機、ラバウルへ向かう』

との緊急電が入った。司令の柴田中佐は間髪をいれず、発進命令を出した。

指揮所わきのポールにZ旗が掲げられ、サイレンや半鐘がけたたましく鳴り渡る。戦闘機搭乗員は落下傘バンドをつけ、待機所を出て一斉に愛機の零戦へと走る。

「コンタクト！」

飛行場一杯に地響きをあげ、エンジンの轟音が響く。

岩本小隊の四機はスロットル全開で滑走路を西へ向けて走る。土ぼこりで前はまったく見えない。離陸して土ぼこりを抜けると視界が広がる。

真横を見ると、小高飛長機の主翼がぶつからんばかりの位置にあった。

「これでよく接触事故が起きないものだ。まさに神業だ」

岩本飛曹長はいつもながら感心する。二〇四空の零戦四三機が発進を終えるまで三分もかからない。

岩本飛曹長は高度を取りながら、シンプソン湾を大きく左旋回する。

「二五三空だ」

トベラ飛行場から舞い上がった二五三空の零戦三六機が、絶妙のタイミングで合流してくる。二〇四空と二五三空の零戦七九機は旋回上昇を続け、戦闘態勢を固めながら高度六〇〇〇メートルに達した。

「敵機発見！」

飛行分隊長の宗川大尉機がゆっくりバンクする。

「宗川大尉は飛行隊長として申し分のない指揮を執っている。短期間でこれほどの成長をみせるとは」

この頃には、岩本飛曹長は宗川大尉に全幅の信頼を置くようになっていた。

やがてセントジョージ水道上空に浮かぶ白雲を背景に、無数とも思える点が見えてきた。

日米両軍が急速に近づく。双胴のP38、逆ガルタイプ翼のF4Uなど、特徴ある姿がはっきり見えてきた。

宗川大尉はドーントレス急降下爆撃機やアベンジャー雷撃機の前方、後方、上空を飛行する敵上空直援戦闘機隊の後ろ上方に位置するよう、零戦の編隊を左旋回で攻撃位置へと導いて行く。

宗川大尉機が大きくバンクした。全機突撃せよの命令だ。

「小高、あいつをやるぞ！」

岩本が右手親指で、左下方を飛ぶ六機のP38編隊を示した。小高が左手親指と人差し指で輪を作り、了解の合図を返してきた。

小さな左旋回でP38の後方上空から近づく。最後方のP38がOPL照準器からはみ出すまで近づいた。

小高機が、岩本機を護衛するように後方上空についてくる。完璧な攻撃態勢だ。岩本はスロットルレバー上の機関砲発射ボタンを強く握りしめた。

左右の翼に装備してある二門の二〇ミリ機関砲と胴体内の七・七ミリ機関銃が同時に火を噴き、機体が小刻みに震えた。

P38の右エンジンから操縦席にかけて二〇ミリ砲弾が命中し、機体内で爆発する様子が見える。まったく無駄のない動きだ。これが射撃の名手と言われるゆえんでもある。

P38は右主翼からガソリンが吹き出し、火に包まれた。パイロットが飛び出す様子はなかった。

岩本は急上昇して速度を落とした。小高機を前に出し、自分は護衛する後方上空の位置についた。

岩本飛曹長は、高い資質を持つ小高飛長を立派な戦闘機搭乗員に育てるつもりでいる。期待に違わず、小高の射撃術は見事であった。たったの一連射で、もう一機のＰ38が落ちて行った。

　残った四機のＰ38が急降下で逃げだした。零戦の性能では急降下するＰ38に追いつけない。

「よし、次だ」

　岩本飛曹長は合理的な戦法を選ぶ。急降下するＰ38を諦め、全天を見渡して次の獲物を探す。後方上空を見ると、二機のＦ４Ｕが突っ込んでくる。このままでは確実に撃墜される。

　岩本は操縦桿を軽く引き、小さく左旋回して上昇に移った。小高飛長の操縦技量は素晴らしい。岩本機にしっかりついて来る。

　Ｆ４Ｕの速度性能は優秀だが、上昇力や旋回性能は零戦よりかなり劣る。容易にＦ４Ｕの射線をかわす。Ｆ４Ｕは高速度を活かし、そのまま急降下で逃げた。

　無理をせず、一瞬の判断で離脱した敵パイロットはかなりの腕前だ。

　Ｆ４Ｕを追いかけても意味がない。高度六〇〇〇に戻り、戦場全体を見渡す。下方四〇〇〇付近に真っすぐ飛行する二機のＰ38を見つけた。どうやら隊長機を見失ったような飛行ぶりだ。

「小高飛長、行くぞ」

　岩本飛曹長は右手親指で合図を送る。

「了解！」

　小高が左手で返事をする。

　二機のＰ38を下方に捉え、上空から真っ逆さまに急降下する。Ｐ38のパイロットがこちらを見た。恐怖で顔が引きつっている。

　Ｐ38がＯＰＬ照準器からはみ出している。岩本飛曹長と小高飛長が同時に機関砲の発射ボタンを押した。

　二機のＰ38が火を吹き、落下して行く。

その時だった。右下方を赤い線が流れた。

「しまった。敵機だ」

Ｐ38に気を取られて油断が生じた。岩本飛曹長は無意識のうちに操縦桿を軽く引き、左旋回急上昇に移った。

「小高飛長は無事か」

小高機を見ると、その後方から先ほどのＰ38が上昇しながら追いかけてくる。胴体後方に赤い線が描かれている。

「どうやら、先ほど撃墜したＰ38二機の隊長機のようだ」

復讐心に燃えるＰ38が、上昇を続ける小高機の後方から迫った。

「やった！」

小高飛長が完璧な操縦をやってのけた。Ｐ38が迫って来る距離を見計らい、捻《ひね》り込みを見せたのだ。

捻り込み戦法は一瞬無重力状態になり、錐もみに入ると思ったとき、足下を敵機が通り過ぎる。その瞬間を狙い、操縦桿を少し押して機体を立て直し、同時に敵機を照準器に捉えて機関砲を撃つ。

小高飛長は、これをやってのけたのだ。

岩本飛曹長に冷静さが戻った。すると、危機から脱出したとの思いで体から汗が吹き出た。

再び上昇してまわりを見渡す。落ちて行くのは米軍機ばかりだ。ばらばらになった敵編隊に対し、零戦隊はなおも攻撃を続ける。

一時間ほどで上空から米軍機の姿が消えた。零戦隊は数機ずつラバウルに戻り、敵爆撃機が投下した爆弾の穴を避けながら飛行場へ着陸する。

岩本が指揮所に報告する。

「岩本飛曹長、Ｐ38二機撃墜」

黒板に戦果が書き込まれる。

「小高飛長、Ｐ38三機撃墜」

搭乗員の報告により、戦果が次々と書き込まれて行く。

監視哨の報告によると、この日来襲した米軍機はアベンジャー雷撃機、ヘルダイバー急降下爆撃機など攻撃機が約六〇機。戦闘機がP38双発戦闘機約七〇機、F4U戦闘機約三〇機、グラマンF6F戦闘機約二〇機の一二〇機。B26双発爆撃機約二〇機、合わせて二〇〇機の戦爆連合であった。

これに対しラバウル航空隊があげた戦果は、二〇四空のみで撃墜六九機、二五三空を合わせると、実に八三機にのぼる。

ラバウル航空隊が凄いのは、これだけの戦果をあげながら、二五三空を含め一機の損失も出さなかったことだ。

各自の戦果を整理し終えると柴田司令は黒板の字をすべて消し、撃墜計六九、全機帰着と大書した。

この日、頭上で繰り広げられた空戦の様子は、出撃から帰着までの全般にわたって、日本映画社のカメラマンが海軍報道班員として撮影していた。この映像は国内の各地で日本ニュース一九四『南海決戦場』として上映された。

後に岩本飛曹長が内地に戻ったとき、このニュース映画を見て、自分の姿が大写しになっているのに驚くことになる。

岩本飛曹長だけではない。この時期、ラバウル航空隊すべての搭乗員は、一日平均一機の敵機を撃墜するほどの活躍を見せていた。ラバウル航空隊にとって、この頃が最も充実した戦力を誇っていた時期でもある。


米軍の戦力増強は凄まじい。

ソロモン諸島、ニューギニアの基地が四発のB24大型爆撃機一一一機、P38やF4U戦闘機など約二七〇機、アベンジャー雷撃機やB26双発爆撃機など二五〇機余りに増強された。

米軍最大の攻撃目標はラバウルである。

ラバウル航空隊は搭乗員の三割が戦傷やマラリアなどの病気で出撃できず、搭乗員は櫛《くし》の歯が欠けるように戦死者を出し、戦力を消耗していった。

連合艦隊はラバウル航空隊を再編する決定を下した。二〇一空はサイパン島に、二〇四空はトラック諸島に後退し、戦力の再編成を図ることになった。

一月二六日、先発隊として柴田司令以下山中忠男飛曹長、前田英夫飛曹長、青木茂寿一飛曹、種田巌一飛曹、小高登貫飛長の五人がトラック島竹島基地へ後退した。

宗川と岩本飛曹長は指揮官の担い手のいない二五三空へ異動となり、トベラ飛行場へ移った。

ラバウルへ来襲する米軍機は、二五三空が一手に引き受けざるを得なくなった。宗川は飛行隊長として、岩本飛曹長は分隊長として二五三空を率い、連日のように米軍機迎撃に飛び上がった。

宗川は迎撃のたびに一機から二機、岩本は一機から五機の米軍機を撃墜した。二月中旬には、岩本飛曹長機の胴体は敵機撃墜を示す桜のマークが七〇を超え、機体はまるで桜の花で飾られているかのようであった。

二月二〇日、トベラ飛行場に異様な空気が漂った。トラック諸島が米機動部隊の攻撃により壊滅状態に陥ったとの情報が、トベラ飛行場にも伝わってきたのである。

「前田飛曹長や小高飛長は無事だろうか」

宗川の耳に岩本飛曹長が心配そうにつぶやく声が聞こえた。宗川の脳裏にも不安が広がった。

昼近く、宗川は二五三空司令小笠原章一中佐に呼ばれた。小笠原中佐が悲痛な表情で命じる。

「宗川大尉、トラック諸島での出来事は聞いておろう。噂は本当だ。そこで連合艦隊はトラック諸島の防備を固めるため、二五三空をトラック諸島の竹島基地へ後退させる決定をした。

戦闘機隊は、今日の午後にトラック諸島へ向けて出発せよ。これから二五三空は、トラックの防御を一手に引き受けるのだ」

「了解しました。本日、ただちにトラック諸島へ向け出発します」

二五三空の零戦は宗川の指揮で午後一時にトベラ飛行場を飛び立ち、夕刻にトラック諸島の竹島飛行場に着陸した。

「これがトラックの現状か」

宗川は竹島飛行場に着陸するなり目を疑った。竹島の山のふもとには、真新しい一〇〇機以上の零戦五二型が破壊された姿をさらしていた。

「零戦は破壊されているが、燃えた形跡はない。燃料が入っていなかったのか。トラックの航空隊は、いったい何をしていたのだ」

宗川は怒りすら覚えた。

となりの岩本飛曹長が声をあげた。

「おい、小高飛長ではないか」

岩本飛曹長が小高飛長の姿を見つけて声をかけたのだ。

「小隊長じゃないですか。ご無事でよかった」

小高飛長が岩本飛曹長のもとへ駆け寄り、涙ぐんで答えた。

「前田はどうした。無事だろうな」

「前田飛曹長は戦死しました」

宗川と岩本は、トラック諸島で何があったか小高から詳しく話を聞いた。

二月一七日の早朝、七〇機以上のグラマン戦闘機が奇襲をかけてきたという。竹島の搭乗員は大半が錬成中で戦闘未経験者である。それでも柴田司令は出撃を命じ、三一機の零戦が飛び上がった。

「空戦を終えて飛行場に着陸した零戦は一〇機の

みで、未帰還機は一八機でした。すぐに敵の第二波がやって来ました。

前田飛曹長は、この出撃でグラマンを二機撃墜しましたが、敵機と体当たりして戦死しました。自分は三回目の出撃で、ほかに指揮官がいないので五機を率いる小隊長として飛び上がりました」

小高飛長は三度の出撃でグラマン戦闘機を六機撃墜したが、とうとう飛べる零戦がなくなったという。

岩本飛曹長の悔しそうな声が聞こえてきた。

「柴田司令は、戦闘機搭乗員を前に生きて経験を積めと訓示した。それなのに戦闘未経験搭乗員に出撃を命じた。経験豊かな数名の下士官搭乗員には、大挙して押し寄せる敵戦闘機隊に向かって、不利とわかっている状況で迎撃を命じた。

前田は、この命令のために戦死した。咄嗟の判断とはいえ、柴田司令は訓示内容と実際に下した命令は違っていた。悔やまれてならない」

岩本飛曹長は、このような言葉を発しない人間だ。柴田司令のことを周囲の雑音に惑わされず、理にかなった方法を取る指揮官だと思っていた。よほど悔しかったのだろう。

裏切られた気持ちで怒りがこみあげ、言ってはならない言葉が口から出てしまったようだ。

米機動部隊の奇襲により、地上では内地から送られてきたばかりの真新しい零戦五二型一五〇機を含む二〇〇機が壊滅した。空中では不利な状況で迎撃したため、七〇機もの航空機が失われた。

それればかりではない。海上では艦艇一〇隻一万七八〇〇トン、輸送船三一隻一九万三五〇〇トンが撃沈された。

そのほかにも艦艇一一隻が損傷し、地下の石油タンク三基が破壊されて一万七〇〇〇トンの貴重な燃料が失われた。糧食二〇〇〇トンも失い、トラックは基地としての機能を失ったのだ。

宗川は話を聞けば聞くほど、日本軍の敗退は油断どころか、怠慢以外のなにものでもないと思った。

三月四日、戦力を失った第二〇四海軍航空隊は解隊となった。内地へ戻る術《すべ》もない。機材も人員も補給を受けられない。

二五三空もトラックにとめ置かれ、戦闘機隊はときおり来襲する米軍機を迎撃する日々となった。旧二〇四空隊員を含め、トラックの日本軍は敵の上陸に備えて上陸舟艇を迎え撃つ訓練が続いた。燃料も部品の補給もない。飛べる零戦もなくなってしまった。

六月になって、二五三空はようやく機材を自力で補充する目途がついた。そこで宗川と岩本飛曹長を含む五人の搭乗員が、空輸要員として本土へ派遣されることになった。旧二〇四空の柴田司令以下が内地へ帰還するのは、七月になってからである。

宗川ら五人は派遣されてきた一式陸攻に搭乗し、サイパン、硫黄島を経由して無事に館山基地へ戻った。

「まさか、生きて本土へ戻れるとは」

宗川の偽らぬ気持ちである。ただ、気持ちは複雑であった。

宗川たちが本土へ到着した直後、米軍の大部隊がマリアナ諸島へ押し寄せた。日本軍は本土とトラックを結ぶ空路が遮断されてしまった。

宗川ら五人はトラックへの復帰を解かれ、木更津航空隊付となった。

一行は列車で館山から木更津へ移動し、その後は徒歩で基地へ向かった。

宗川に木更津基地で前翼型機の研究に没頭した頃の記憶がよみがえった。宗川は木更津航空隊付になんとなく運命を感じた。

2

アメリカ艦隊を迎撃する『あ』号作戦の完敗は日本政府と軍に大きな衝撃を与え、変革をもたらした。

東条英機陸軍大将は総理、陸軍大臣、参謀総長を兼任し、嶋田繁太郎海軍大将は海軍大臣と軍令部総長を兼務していたが、ともにこれらの職を辞任せざるを得なかった。

東条内閣に代わって発足したのが鈴木貫太郎内閣である。内閣の顔ぶれも一新した。

陸軍大臣下村定陸軍大将、陸軍次官原守陸軍中将、海軍大臣野村直邦海軍大将、海軍次官兼航空本部長井上成美海軍中将、参謀総長梅津美治郎陸軍大将、軍令部総長米内光政海軍大将となった。

野村海軍大臣は昭和一六年三月から六月の間、海軍遣独軍事視察団長としてドイツを視察し、昭和一八年八月七日にドイツ海軍のＵ５１１で日本に帰国した。

野村大将は『昭和一六年遣独軍事視察団報告』の中で、ドイツ兵器進歩の原因として重点主義、取捨選択、指導者、民業主体をあげている。

海軍航空本部長に就任した井上中将は重点主義、取捨選択など野村大将と同じ考えを持つ人物のようである。

海軍の意思決定は早かった。

七月に新型戦闘機の『烈風』『天電』『閃電』、陸上偵察機『景雲』、それに六発超大型爆撃機『富嶽』の開発中止が決定された。これらの資源は紫電改、震電、彩雲に集中する。なぜか雷電の問題は継続して解決にあたるという。

宗川たちの処遇も、そんな中央の動きと無関係とは思われない。

　木更津航空隊付となった宗川と岩本飛曹長は、南方戦線で鹵獲した米軍のＦ６Ｆ戦闘機、Ｆ４Ｕ戦闘機、Ｐ38戦闘機、ヘルダイバー急降下爆撃機の試験飛行に従事していた。

　七月二〇日、宗川と岩本飛曹長は、遠くに見える飛行場で零戦が数機ずつ離着陸を繰り返す様子を眺めていた。

　内地は平和であった。宗川は少し眠気を感じた。

　そのとき、後ろから声をかけられた。

「おい、宗川大尉。宗川大尉ではないか」

　宗川は相手を認めて返事をした。

「これは小福田少佐、久しぶりです」

　小福田少佐が懐かしそうに言う。

「ラバウルからよく戻ってきたな。よかった、よかった。ラバウルからは生きて戻れないと言われていたが。なにはともあれ、よかった」

　小福田少佐はラバウルで宮野善次郎大尉とともに操縦・射撃ともに優れ、剛毅な指揮官として活躍した。小福田少佐はラバウル航空隊飛行隊長として勤務していたが、昨年の夏に急に内地への異動が発令されてラバウルを去った。一年あまりのラバウル勤務であった。

　宗川はとなりの岩本を紹介した。

「小福田少佐、岩本飛曹長です」

　小福田少佐は小柄な岩本飛曹長を見て言った。

「貴様が、ニュース映画に映っていた岩本飛曹長か。ラバウルでは見事な活躍を見せたようだな」

　岩本飛曹長は小福田少佐の言葉に戸惑った様子を見せたが、慌てて敬礼した。

「岩本飛曹長であります。自分は映画に出ていませんが」

　小福田少佐が笑いながら話した。

「内地では一月に、ラバウル航空隊が米軍機を迎撃したニュース映画が上映されている。その映画に貴様が大きく映っているのだ」

「はあ、自分はその映画を見ていないので」

小福田少佐がおかしそうに言う。

「まあ、それはそうだ」

小福田少佐は真剣な表情に戻ると、宗川を見つめて言った。

「ところで宗川大尉、俺は横須賀航空隊審査部で戦闘機主務を担当している。その一環として、新鋭のジェット戦闘機『震電』の飛行実験を担当することになった」

七月一日に空技廠飛行実験部が廃止された。代わりに横須賀航空隊に審査部が設置され、飛行実験部の業務を引き継いだ。空技廠飛行実験部の操縦士は、八月に横須賀航空隊審査部へ転属することが決まっている。

宗川は震電を知らない。

「震電といいますと」

「そうか。お前が震電を知らないのは当然だな。前翼型機は震電と名付けられ、昨年九月の末に初飛行した。今は九州飛行機で試作機を製造している」

宗川はそれを聞くと心が弾んだ。

「前翼型機は震電というのですか」

「そうだ。震電は日本の秘密兵器だ。海軍の中でも、将兵のほとんどは震電の存在を知らないと思う。貴様は外地にいたから、なおさらだ」

小福田少佐は声をひそめて本当の目的を口にした。

「実はな。宗川大尉と岩本飛曹長、お前たち二人が木更津航空隊付になっているのを知って、ここに来た。お前たちに会えてよかった。

俺は明日にも人事局に掛け合い、貴様たち二人をもらい受けるつもりだ。お前たちは近いうちに横空審査部所属になると思ってくれ。震電の実戦配備に向け、実用飛行実験を行うのだ」

横空は教官と教員で八幡空襲隊を編成し、硫黄島へ進出して『あ』号作戦を戦った。八幡空襲隊はほとんど戦果をあげないまま、七月四日にすべての機材を失った。

幹部の一部は輸送機で硫黄島を脱出したが、搭乗員のほとんどは地上戦闘員に組み込まれ、いまだ硫黄島にとどまっている。

八幡空襲隊の壊滅により、小福田少佐は震電担当に相応しい熟練操縦士を見つけられなかった。そんなとき、宗川と岩本が木更津航空隊付になったことを知ったという。

小福田少佐が震電について話す。

「八月初めに試作機ながら震電二機が、ここ木更津基地へ空輸されてくる。まずはその二機を使って飛行訓練を繰り返し、震電の操縦に慣れてくれ。それと、お前も知っている鶴野少佐だ。鶴野少佐はこれまで、九州飛行機で震電の開発にあたっていた。このほど仕事の区切りがつき、八月に空技廠へ戻ってくる」

宗川は笑顔で答えた。

「承知しました。早く震電に乗ってみたいものです」

「もう少し待て。そうすれば、存分に震電を操縦できる」

小福田少佐は用件をすませると、横須賀へと戻って行った。

小福田少佐の言葉通り、宗川と岩本は八月一日付で横須賀航空隊審査部所属となった。

八月二日朝、小福田少佐が再び木更津基地に姿を見せた。

小福田少佐と一緒に現れたのは、TR二〇の開発で検査を担当していた深田定彦技師である。深田技師は大尉の襟章をつけていた。

「これは深田技師、いえ、深田大尉」

「二年ほど前、多くの技師が技術大尉と名称が変わった。俺もその中の一人だ」

深田大尉は二年前と変わらぬ話し方をする。

そのとき岩本飛曹長の声がした。

「あれは！　新型の戦闘機か」

岩本飛曹長が着陸態勢に入った六機の戦闘機を指さした。小福田少佐が後ろを振り返り説明した。

「紫電二一型だ。我々は紫電改と呼んでいる。追浜飛行場は増大した飛行実験で手狭になった。だから横空は木更津飛行場を第二飛行場として、新型機などの飛行実験をやるのだ。お前たちの鹵獲した米軍機の飛行試験も、その一環だ」

小福田少佐が岩本飛曹長に、紫電改の素晴らしさを話した。

「紫電改は志賀淑雄少佐が飛行試験の主務者だ。志賀少佐によると、紫電改は垂直急降下試験飛行で四六〇ノット（時速八五〇キロ）を出したが、機体はびくともしなかった。自動空戦フラップが装備されているから、模擬空戦でも零戦に負けないそうだ」

岩本飛曹長は興味深そうに聞いた。

「ならば、紫電改で新型のグラマン戦闘機と戦えば、必ず勝てますね」

「もちろんだ。岩本飛曹長、お前の腕ならグラマンが四方八方から何機かかってきても、必ず勝てる。紫電改は今年の四月から量産に入っている。空母での発着艦試験も始まっている。まもなく実戦部隊に供給されるはずだ」

川西航空機の鳴尾製作所では、月産五〇機のペースで紫電改を量産しているという。

さらに小福田少佐は、岩本飛曹長が驚くような話をした。

「紫電改は垂直急降下で四六〇ノット出した。しかしな、震電は水平飛行で四六〇ノットを出せる性能があるぞ」

「まさか」

岩本飛曹長が驚いた。

宗川は前翼型機の性能をよく知っており、当然だと思っている。小福田少佐が冷静に答えた。

「お前も、震電の本物を見れば納得する。それも、まもなくだ」

小福田少佐は真剣な表情に戻り、しきりに時計を見始めた。

昼少し前になると、飛行場が騒がしくなった。飛行場上空に異様な形の飛行機が現れたのだ。

「なんだ、あれは。日の丸をつけているぞ」

人々が基地から上空を見上げ、大声をあげている。

「震電だ！」

宗川は興奮を隠せなかった。

「あれが震電ですか」

先ほどと違い、岩本は冷静に震電を見ている。

飛行場を一周した二機の震電は、危なげなく飛行場に着陸した。独特の甲高い音を出しながら駐機場へ向かってくる。宗川は駐機場へと出た。

「鶴野少佐！」

震電の一番機を操縦していたのは鶴野少佐だった。二番機は九州飛行機の宮石操縦士だ。

宗川は操縦席の下で鶴野少佐を迎えた。

「宗川ではないか。よく無事で内地に戻ってこれたな。また会えるとは思わなかったぞ」

「鶴野少佐、中に入りましょう」

宗川は鶴野少佐と連れだって部屋に入った。

昼食の後、鶴野少佐から宗川と岩本へ震電の説明をする時間が設けられた。岩本飛曹長は准士官の自分がなぜこんな待遇を受けるのかと訝《いぶか》る様子を見せた。

小福田少佐が岩本飛曹長の疑問に答えるように話した。

「六月一五日と一六日の両日、北九州の八幡製鉄所が中国の奥地を飛び立ったＢ29の爆撃を受けた。マリアナ諸島が米軍の手に落ちた今、数カ月後にはサイパン、テニアンを飛び立ったＢ29が大挙して東京や名古屋、大阪へ来襲し、爆撃を繰り返すと予想できる。

我が国にとって、Ｂ29対策が深刻な問題として浮かび上がってきたのだ。岩本飛曹長、震電の最大の目的は来襲するＢ29を撃退することにある。絶対に日本本土を焼け野原にしてはならない」

岩本飛曹長は固唾《かたず》を呑んで小福田少佐の言葉を待った。

「岩本飛曹長、貴様は海軍を代表する撃墜王だ。貴様は宗川大尉と、Ｂ29を確実に撃墜できる戦術を編み出すのだ。二人は明日から、この仕事に取りかかれ」

今度は宗川に向かって話す。

「震電の心臓部である発動機だが。このほど三菱と新潟鐵工は、震電の発動機に相応しい強力なターボジェット発動機ネ三三〇を完成させた。試験運転の結果も良好で、空技廠は三菱と新潟鐵工にネ三三〇の合格証を発行した。三菱と新潟鐵工からは合格証を手にすると同時に、ネ三三〇の量産を始めたとの報告が届いている」

宗川は気になっている質問をした。

「ネ二〇は、タービン翼に亀裂が入る問題を抱えていました。その問題は解決したのですか。ずっと気になっていたのですが」

深田大尉が答えた。

「昨年の八月に野村海軍大臣がドイツから帰国した。野村大臣と一緒に、二人のドイツ人技師が日本にやってきた。ドイツ人技師はタービン翼亀裂の解決策を伝授してくれた。タービン翼の問題は完全に解決している」

「それを聞いて安心しました」

二人の話が終わると、小福田少佐が言った。

「話を続けるぞ。三菱の鈴鹿製作所でも震電の製造を始めた。三菱の鈴鹿製作所は振動問題が解決しない雷電の製造を諦め、ジェット戦闘機震電の製造に踏み切ったのだ。震電は九州飛行機と三菱鈴鹿製作所で製造している。

これらの状況から、数カ月後に震電を装備する航空隊を編成できるだろう。震電航空隊ならばB29を迎撃し、日本本土上空から駆逐できるに違いない。震電航空隊によって、日本本土をB29の脅威から守るのだ」

小福田少佐の話が熱を帯びてきた。

「そのためには、今から震電の搭乗員訓練を始める必要がある。我々は早急に震電でB29を迎撃する態勢を作らねばならない。

俺は震電を預かる身として、早急にB29を撃退する強力な航空隊を編成しなければならない。お前たちには震電搭乗員を育成する仕事を任せる。いいな」

大きな仕事だ。宗川大尉は答えた。

「わかりました。全力で仕事に取り組みます」

この後、鶴野少佐から震電の離着陸時の注意事項について説明を受けた。

早速、翌日から震電での操縦訓練に入った。初めは地上走行でネ二〇の特徴や始動手順、震電の操縦に慣れるための訓練である。

七日は、いよいよ震電で飛ぶ日となった。

宗川が操縦席に座ると、鶴野少佐が機体に近づいてきた。

「宗川大尉、気候は青空で飛行には申し分がない。

機体整備は深田大尉と空技廠の手で万全にすませてある。準備はすべて整った。あとは、お前が落ち着いて震電を操縦するだけだ。

震電の無線電話はよく聞こえる。飛行状況は随時、無線電話で報告するように」

宗川は四日ほどの地上滑走で、離陸直前までの操縦を身にしみ込ませた。宗川は自信を持って言った。

「鶴野さん、震電を操縦する自信があります。あとは任せて下さい」

「頼んだぞ。落ち着いてな」

鶴野少佐が機体から離れて行った。宗川は飛行を前に、頭の中で注意点を整理する。

「飛行は軽荷状態で行う。燃料は二〇分の飛行時間量しか積んでいない。着陸のやり直しはできない。一式陸攻での空中試験で、ネ二〇は回転数が六〇〇〇以下になると停止する恐れがある。この二つは決して忘れてはならない」

宗川は気合を入れた。

「よし、行くぞ！」

初めに電源スイッチを入れる。次に発電機、始動用電動機、計器盤のスイッチを入れる。計器を見渡して確認した。

「すべて正常値をさしている」

宗川は発動機の始動ボタンを押した。ターボジェット発動機『ネ二〇』が電動機の力でまわり始める。

そのまま始動ボタンを押し続ける。ネ二〇の回転数が一〇〇〇を示したところで、スロットルレバーについている点火ボタンを押す。

低い連続音が聞こえてきた。

始動ボタンを離す。ゆっくりスロットルレバーを押し、燃料タンクの弁を開ける。ネ二〇が少し甲高い音に変わってきた。

ピストン式発動機のような振動はまったくない。比較的低い、キーンという音が聞こえるだけだ。本当に発動機が動いているか、動力計器をもう一度確認する。

「よし、大丈夫だ」

左右主翼のフラップを二〇度に設定すると、せり出すようにフラップが下がる。発動機回転数が六〇〇〇になった。

宗川は操縦席から出発準備完了の合図を送った。地上整備員が車輪止めを外し、機体から離れた。

震電がゆっくり動き出す。今日は南の風だ。宗川は北から南へ延びる滑走路の北端で震電を停止させた。

制動機を力一杯踏むと、二度深呼吸した。前方上空に障害物がないことを確認する。

スロットルレバーをゆっくり押す。ネ二〇の甲高い音が一段と強まり、回転数が八〇〇〇になったところで制動機を離した。

ネ二〇は発動機回転数が一万一〇〇〇に達し、最大推力を発揮する。震電はスムーズに加速して行く。滑走距離五〇〇メートル付近で前輪が浮いた。

「離陸するぞ！」

操縦桿を少し引くと、滑走距離八〇〇メートル付近で高度一五メートルを示す標識を越えた。そのまま上昇し、高度一〇〇メートルに達したところでフラップを格納した。脚は出したままだ。

ここまで回頭性はなく、飛行上の癖は感じなかった。機内は静寂で、まるで滑空機に乗っているような錯覚にとらわれる。

「高度六〇〇、水平飛行に移る」

宗川は計器を読み取り、無線電話で地上へ報告する。

「発動機回転一万一〇〇〇、速度一七〇ノット、すべての計器異常なし。これより各舵、小舵の利き具合を試す」

地上の鶴野少佐から了解の返事が入る。宗川はひと通りの操作を終えて報告する。

「飛行状況を報告する。上昇力、予測よりやや大きい。方向安定性やや強し。舵の利き、小舵中舵程度。昇降舵やや過敏。方向舵と補助翼、利きは良好だが、やや重い。飛行はすべて順調だ」

すべては零戦と比較して感じた内容である。

鶴野大尉が無線電話で答えてきた。

「宗川大尉、了解した。飛行時間に注意しろ」

「了解。これから水平飛行で東京湾を大きく右旋回し、着陸態勢に入る」

「了解、発動機の回転数に注意せよ」

右旋回で東京湾をまわり込むように北方へ出た。飛行場の北方で滑走路を操縦席の中心に捉える。

フラップを四〇度に降ろす。発動機回転数七〇〇〇、八五ノットの速度で滑走路の北端を越えた。滑走路が迫って来る。

滑走路端を三〇〇メートルほど越した地点で主輪が接地した。機体が小さくバウンドした。

三車輪方式の降着装置は機体の前のめりを防ぎ、着陸操作上の難点がない。接地後の方向安定性もきわめていい。ゆっくり減速し、滑走路の中ほどで停止した。

制動機を離すと、震電が再び動きだした。駐機場の所定位置へと向かう。

所定位置で発動機を止めた。地上整備員が機体へ向かって駆け出してくる。

鶴野少佐が駆け寄ってきた。時計を見ると離陸から着陸まで一六分の飛行であった。宗川は安堵の表情で操縦席から降りた。

鶴野少佐が聞く。

「どうだった？」

「震電は難癖がありません。たった一度の飛行ですが、搭乗員の育成に特別なものは不要だと感じました」

鶴野少佐は満面の笑みを浮かべて言った。

「宗川大尉、これからは搭乗員育成の準備作業と並行しての飛行訓練になる。忙しい日々が待っているぞ」

「嬉しいです」

「そうだな。よし、次は岩本飛曹長だ。準備はいいな」

岩本飛曹長は、これまで米英軍機七〇機以上撃墜したエースである。見事に震電を操縦した。

3

小福田少佐から震電航空隊の話を聞き、宗川はすぐに搭乗員育成で使用する兵術参考資料の作成に取りかかった。

震電の搭乗員は操縦技量に秀でていれば、それでよしとは言えない。ターボジェット発動機や前翼型機、高空での医学などの知識を身につけなければならない。

宗川は作成途中の兵術参考資料を使い、岩本飛曹長に震電についての教育を始めた。兵術参考資料は全般を網羅しているが、項目だけの部分もあった。岩本飛曹長への教育を通して加筆、修正を加え、完成させる意味もある。

岩本は何年振りかで座学を受けるようだ。宗川は可能な限りわかりやすい説明を心がけた。

岩本も熱心に勉強した。島根県立益田農林学校高等科の生徒時代、岩本は数学と幾何の成績が優れ、兵学校を受験したら合格間違いなしと言われていた。岩本は砂が水を吸うように知識を吸収していった。

八月一杯で座学と震電の操縦訓練を交え、岩本飛曹長への教育を終えた。

九月初め、小福田少佐が木更津基地にやってきた。宗川は小福田少佐に呼ばれて横空審査部分室に入った。

「早速だが、宗川大尉と岩本飛曹長で三菱の鈴鹿製作所へ行ってもらいたい。九七式艦攻を用意してある」

小福田少佐は相変わらず、あちこちを飛びまわっているようだ。

国内にも関わらず飛行機での出張だ。三菱は震電で大きな成果をあげたのだろう。

岩本の操縦で木更津飛行場を飛び立ち、二人は昼前に三菱鈴鹿製作所に着いた。

宗川を待っていたのは鶴野少佐だった。鶴野少佐も忙しく飛びまわっているようだ。

「これは、鶴野少佐がじきじきの出迎えとは」

鶴野少佐はいきなり本題に入った。

「宗川大尉、三菱の小沢技師と西沢技師だ」

鶴野少佐はとなりの二人を紹介した。

「私は三菱重工業で震電の機体を担当している小沢久之亟です。よろしくお願いします」

「ネ三三〇開発担当の西沢弘です。よろしくお願いします」

小沢技師と西沢技師が丁寧に挨拶した。

宗川は挨拶もそこそこに聞いた。

「震電が完成したのですか」

小沢技師が自信ありげに答えた。

「三菱のネ三三〇を搭載した震電です。震電は計画値を上回る性能を発揮します。是非とも自分の手で操縦し、実感して下さい」

ひと通りの挨拶を終えた。そのまま三菱の航空機整備場へ向かった。整備場内に入ると、真新しい震電が二機あった。

宗川が言った。

「ネ二〇を搭載した震電と同じように見える」

鶴野少佐が促すと、小沢技師が震電の発動機覆いを外して答えた。

「震電は、もともと三菱のネ三三〇を搭載する設計です。ネ二〇に比べてネ三三〇は胴体にぴったり収まっています」

小沢技師の言葉通り、震電の胴体内部は発動機の艤装がすっきりしている。

今度は西沢技師が説明した。

「この震電は、発動機の重量がネ二〇の四五〇キロからネ三三〇の一一六〇キロへ増加しているが、推力は四七五キロから一二九〇キロへと強力になっている」

この後、一行は三菱の事務所内に入り、ネ三三〇を搭載した震電の説明を受けた。

鶴野少佐は、ネ三三〇を搭載した震電の実測値による公式性能を説明した。

それによると、ネ三三〇の最大回転数は毎分八〇〇〇回転、そのときの推力は一二九〇キロとなる。最大速度は高度八七〇〇メートルで四六四ノット（約八六〇キロ）、燃料容量一四五〇リットルでの航続距離九六三キロ、無風状態で高度一五メートルまでの離陸滑走距離一〇二一メートル、着陸距離一〇三〇メートルだ。

翌日、宗川はネ三三〇を搭載した震電の飛行試験を行った。三菱の鈴鹿製作所は海軍鈴鹿航空隊の飛行場に隣接している。

宗川は滑走路端で一旦停止した。スロットルを開いて徐々に発動機の回転数を上げ、七〇〇〇回転になったところで制動器を離した。

「これは凄い」

これまでのネ二〇の震電とは加速性能がまるで違っていた。離陸してからの加速性能も、これまでの震電をはるかに上回っていた。

宗川は伊勢湾を一周して着陸した。

「どうだった？」

鶴野少佐が聞いた。

「素晴らしいの一言です」

宗川は小沢技師に確認するように聞く。

「三菱では、この震電を量産しているのか」

「ええ、ここ鈴鹿製作所では一カ月ほど前から量産機の組み立てが始まっています」

「鶴野少佐、九州飛行機はどうですか」

「もちろん、九州飛行機でも量産を始めている。ただし、九州飛行機で製造する震電は三菱より数が少ない」

宗川は三菱から震電の受領手続きを終えた。

木更津基地に戻ると、数日間はネ三三〇を搭載した震電に慣れる飛行を続けた。そろそろ小福田少佐から与えられた課題に取り組まなければならない。

宗川は岩本に話しかけた。

「岩本飛曹長、そろそろ震電に相応しい戦術を編みださなければ」

すると岩本が提案してきた。

「震電の特徴は、ずば抜けた速度にあると思います。B29を攻撃する場合でも、速度を活かした効果的な攻撃方法が必要になります。そのためには、B29の実物を使って戦術を練ればいいのですが」

宗川は岩本の意図を汲み取って答えた。

「仮想B29が必要だと言うのだな。それなら双発爆撃機だが、銀河が相応しいと思う」

岩本飛曹長はピンとこないようだ。

宗川が銀河について説明した。

「銀河は全長一五メートル、全幅二〇メートル、最高速度は時速五五〇キロでB29と同等だ。銀河

「たった〇・二秒ですか！」

岩本が驚いた。

「それだけではない。射撃に気を取られると、B29と正面衝突する恐れもある」

「射撃時間が取れないうえに、正面衝突の恐れがあるのですか」

戦闘機搭乗員は敵機を自分に有利な位置へと追い詰め、腰だめに狙い撃ちする戦法を得意とする。相手が大型機のB29の場合、岩本飛曹長は後方上空のみならず、前方からすれ違いざまに攻撃する方法を考えていたようだ。これが一般的な考えである。

「だからこそ、仮想B29の銀河を相手に飛行実験で確認する意味があるのではないか」

「そうですね。頭で考えるだけでは解決策は生まれません」

「その通りだ。横空へ銀河の手配を依頼するぞ」

の機体寸法はちょうどB29の半分だ。B29の見た目の大きさは銀河の四倍になるが、戦術を編み出すのに不都合はないはずだ。

銀河をB29に見立て、いくつか攻撃方法を試す。そうすれば、効果的と思える戦術が見つかると思う」

双発爆撃機『銀河』は戦闘機並みの速度を持ち、宙返りもできる爆撃機として開発された最新鋭攻撃機だ。

宗川は戦術を考えるうえでの注意点をあげた。

「B29は時速五五〇キロで飛行しながら爆撃する。震電が浅い降下でB29を正面から攻撃するときの速度は、時速八〇〇キロを超えるだろう。

両者が向かい合えば、相対速度は一三五〇キロ以上に達する。これは一秒間に、約三六〇から三七〇メートル近づく速さになる。正面からの攻撃時間は〇・二秒もない」

二日後から銀河を相手の飛行実験が始まった。岩本飛曹長は数日かけて、銀河を相手にした場合の震電の特徴をつかんだ。

銀河との共同訓練を始めて一週間になった。どのような攻撃方法が効果的か、まだ戦術は見つかっていない。岩本飛曹長は、今日こそきっかけをつかみたいと思っているようだ。

宗川は岩本と木更津飛行場を飛び立った。岩本機の後方上空、いわゆる護衛位置を飛びながら岩本の戦術を見つめる。

「一時の方向、やや下方に双発機の銀河を発見」

岩本飛曹長が房総半島の東方五〇キロ海上沖合、上空七〇〇〇で同じ高度をこちらに向かって来る銀河を発見したと無線電話で伝えて来た。

横空の銀河搭乗員とは、事前の打ち合わせで訓練場所を特定してある。九月の空は快晴が続いている。そのうえ銀河は長さ三〇メートル、直径五メートルもの大きな赤と白の目立つ吹き流しを曳航している。発見は容易だった。

銀河とすれ違い、訓練に入る挨拶を交わす。

「これより攻撃に移る！」

岩本機は反転しながら高度九〇〇〇まで上昇した。銀河との高度差二〇〇〇、正面上空から下方の銀河を見る形となった。

岩本機は、およそ二〇度の降下角で銀河の後方三〇〇メートルの吹き流しに向かっている。吹き流しまでの距離六〇〇に迫った。

「テーッ！」

岩本飛曹長は声に出して、機関砲の発射ボタンを押す様子を伝えてきた。

弾丸は装填されていない。宗川の指摘通り、吹き流しは瞬間的に目の前から消え去ったはずだ。いつもの結果と同じと思える。

宗川は岩本機が飛行する様子を見て思った。

「射撃時間はたったの〇・二秒だ。やはり正面からの攻撃で命中弾を得るのは、至難の業《わざ》というより不可能だ」

岩本機は二〇度の降下角を維持し、離脱した後に距離を取って上昇して行った。

「震電の速度性能は素晴らしい」

岩本飛曹長の声が聞こえた。

岩本機は速度を活かし、上昇しながら大きく反転して吹き流しの上空につけた。再度、銀河の後方上空から攻撃訓練に入る。

「左やや前方、下方二〇〇〇に吹き流しを見る」

岩本飛曹長は、自分と吹き流しの位置関係を報告する。そして閃《ひらめ》いたように話した。

「これは優位な位置から急降下し、敵機を一撃で仕留めて離脱した、ラバウルでの空戦と同じ光景だ」

岩本はラバウルで得意とした戦法を思い出したようだ。吹き流しの前方を照準器の中心に入れ、四五度から五〇度の角度で急降下して行く。

銀河と震電の速度差は時速三〇〇キロほどである。震電が急降下で前方へ進む速さと、銀河が水平飛行で同じ距離を進む速さがほぼ同じになる。

岩本は、銀河が曳航する吹き流しを数秒にわたって照準器で捉えることができた。

「これだ。この戦法なら震電は容易にB29を捉えられる。しかもB29が反撃できるのは、機体上面の機銃のみだ」

岩本飛曹長は手ごたえをつかんだようで、同じ疑似攻撃を繰り返した。

「ラバウルで会得した一撃離脱戦法、これこそが震電に相応しい戦法だと確信した。宗川大尉、基地に戻ります」

岩本飛曹長は銀河の搭乗員に挨拶をして、木更津基地上空へと針路を向けた。宗川は岩本機の後を飛行する。

飛行場が見えて来た。発動機回転数を五五〇〇まで落とす。速度が時速三〇〇キロ以下なのを確認し、操縦桿を少し引いて機首を上げ、脚下げボタンを押す。指示灯で脚出しを確認する。

フラップを二〇度に下げる。速度は時速二五〇キロに落ちた。フラップを最大の五〇度に下げ、時速二〇〇キロで着陸態勢に入る。

滑走路端を時速一八〇キロで通過し、操縦桿をやや引いて機首上げにする。スロットルを最小出力位置まで戻す。機は急に揚力を失い、主輪が滑走路に接地した。

操縦桿をゆっくり押し、前車輪を接地させ、制動器を利かせて機速を緩める。機体を駐機場に止めた。風防を開けると、岩本飛曹長が機体から飛び出し駆け寄って来た。

「岩本、どうやら震電の戦法を見つけたようだな」

「ええ、これならと思う戦法を見つけました」

二人は急いで部屋に入った。

岩本がこれまでの飛行実験について説明した。宗川は岩本の説明を聞き終えると、納得したような表情を見せて言う。

「そうか、震電に相応しい攻撃方法は真上からの一撃離脱戦法か」

宗川は少し考えて助言した。

「真上からの急降下による一撃離脱戦法。これなら震電の速度を活用した戦法として大いに納得できる。だが、まだ攻撃方法としてさらなる工夫が必要に思う」

翌朝、宗川は岩本に戦術の修正を提案した。

「昨夜、Ｂ29の機銃員の立場で震電を迎撃する状況を考えてみた。こんなことがわかった」

宗川は自分の疑問点を説明する。

「震電とＢ29は上空を高速度で飛行しながら空戦

に入る。Ｂ29の機銃員から見ると、震電は後方上空から自分のほうに時速三〇〇キロほどで迫ってくる。もちろん、これは双方の相対的な位置関係からそのように見えるだけだ。

それでもＢ29の機銃員は、曳光弾の行方を見ながら機銃の照準を修正できる。そうなれば、Ｂ29の機銃弾は命中率が高くなる」

岩本は、宗川が何を言いたいのか訝るように聞いた。

「一撃離脱戦法は、Ｂ29迎撃に意味がないと言われるのですか」

「そうではない。一撃離脱戦法を少し修正すれば、震電の安全性を飛躍的に高める方法がある」

岩本飛曹長が真剣な表情になり、身を乗り出してきた。宗川は、黒板にＢ29と震電の位置関係を書いて説明する。

「震電は、Ｂ29の左右どちらかを一五〇メートルほど離れた位置を飛行する。そこから機首をＢ29の操縦席に向けたまま急降下に移り、一撃離脱戦法で攻撃を加える。

それが可能ならば、Ｂ29の機銃員は一五〇メートルほど離れた位置を、上方から下方へ時速三〇〇キロで降下する震電を照準しなければならない。命中弾はほとんど期待できず、震電は比較的安全にＢ29を攻撃できると思う」

「震電の機首をＢ29に向けたまま攻撃する一撃離脱戦法。搭乗員は、震電の機体を滑らせながら急降下するのですか」

岩本飛曹長が驚いたように言う。

「宗川大尉、ラバウルでの空中戦を思い出します。ラバウルでは戦場が近くなると、水平飛行中に奇襲を受けても敵弾が当たらないよう、機体を滑らせながら飛行した。そうすれば、敵機が照準器で正確に捉えて射撃しても、弾丸は命中せず流れるように外れていくのです。

これをB29の攻撃に応用する戦法ですね。ただ、実施するにはかなりの操縦技量が必要です」

「そうかもしれない。しかし、岩本飛曹長ならできるはずだ。今日の飛行実験で試してくれ」

岩本は、今日も震電と敵戦闘機の試験飛行を行う。岩本は海軍でも一、二の実績ある名戦闘機搭乗員だ。宗川は難しい飛行実験を、岩本飛曹長に頼まざるを得ないのだ。

岩本は目を輝かせて言った。

「やってみましょう」

宗川は頼もしそうに言った。

「どのように操縦すればいいか。それさえ明確になれば、ほかの搭乗員に震電の操縦方法を伝達できる。そうすれば震電は確実にB29を撃退できる」

宗川は、この日も岩本と一緒に飛び立った。

九十九里浜沖合を銀河が吹き流しを引いて飛んでくる。岩本は上空二〇〇〇メートル、右横一五〇メートルから機首を吹き流しに向けて急降下して行った。

宗川は上空で詳細に観察する。

「さすがだ。震電は吹き流しの真横一五〇メートルを維持し、機首を吹き流しに向けたまま、上空から吹き流しの下方へと急降下して行った」

宗川は、岩本機の飛行を口に出しながら頭に記録する。

「機首は二度か三度ほど左に向ける。その角度を維持しながら、機体は吹き流しと平行して飛ばし、五〇度ほどの角度で急降下した。うーん、このような操縦は、誰にでもできる技ではない」

宗川は岩本飛曹長の操縦技量に感心しながら、木更津基地に着陸した。

それからの宗川は、岩本飛曹長から操縦法を教わり一撃離脱戦法の習得に励んだ。この経験をもとに、兵術参考資料の付録として操縦教本を作成する。

数日後、宗川は岩本に話しかけた。

「岩本飛曹長、震電は四門の三〇ミリ機関砲を装備している。口径三〇ミリとはいえ、機関砲のみでの攻撃では効果が限られている。もっと効果的な手段があるような気がする。これについて考えてみた」

岩本は訝るような表情を見せたが、宗川は構わずに話し始めた。

「さらなる強力な攻撃方法として噴進弾を使えないかな。海軍は何種類もの噴進弾を装備している。調べてみると、噴進弾は直径が五センチから八センチ、長さは八〇センチ程度、重さは一〇から一五キロ程度のものが何種類もある。それでいて、弾頭に五〇〇グラム程度の炸薬が詰まっている。

震電にこれを装備すれば、お前がたどり着いた一撃離脱戦法と相まって、史上最強の攻撃兵器となることは間違いないと思う。これが可能なら、震電は必ずや日本本土をB29の脅威から守れるはずだ」

岩本は宗川の考えに賛成するように言った。

「五〇〇グラムの炸薬があれば、たとえB29がどれほどの頑丈さを誇ろうとも、一発で確実に撃墜できると思います」

「そうか。それなら今夜にも要求要望書をまとめ、明日の朝に空技廠の上層部へ空対空噴進弾の開発要求書を提出する」

岩本飛曹長は、自分より年下の宗川を見直すように見つめた。

4

九月も終わりに近づいた。今のところ、震電航空隊編成に向けた準備は順調だ。

そんな折、宗川は岩本飛曹長との午前の訓練を終え、横空木更津分室に入った。小福田少佐が見覚えのある海軍中佐と話し込んでいた。

中佐は宗川の姿を見ると話しかけてきた。

「宗川大尉、久しぶりだな。元気でなによりだ。震電の飛行試験を行っているそうだな」

なんと、ラバウルで別れた柴田中佐であった。柴田中佐は七月にトラックから内地に帰還し、今は横須賀鎮守府付になっているという。

「柴田中佐、久しぶりです」

宗川は思わず気をつけの姿勢を取った。

「かしこまらんでもいい。楽にしろ」

柴田中佐は相も変わらず、我が道を行くようだ。

宗川は、柴田中佐が木更津基地に来た目的に想像がついた。

柴田中佐がその後のことを話をした。

「二〇四空はトラックで大被害を受けた。俺は戦力回復を試みたが、三月四日に二〇四空は解隊と決まった。俺は七月になって、ようやく内地に戻り横須賀鎮守府付となった。

その後は、時間があるので軍令部や連合艦隊司令部、それに航空本部や空技廠へ足を運び、可能な限り情報収集に努めた」

柴田中佐は海兵五二期出身で、同期の源田実中佐は軍令部で作戦計画の航空に関する事項を担当、淵田美津雄中佐は連合艦隊航空甲参謀として航空作戦を担当している。

柴田中佐は持ち前の行動力で彼らと接触し、情報収集に東奔西走したようだ。そこで情報を仕入れたのだろう。

「海軍はマリアナ諸島で大打撃を受け、七月一〇日にマリアナ方面で戦力を失った航空隊を解体した。解体された航空隊は戦闘機隊のみでも、第二〇二、第二五一、第二五三、第二六一、第二六三、第二六五、第三〇一、第三二一、第三二二、第三四三、第三四五と一一隊にものぼる」

宗川は知らず知らずのうちに柴田中佐の話に引き込まれた。柴田中佐は、日本軍が抱える大きな問題について話す。

「マリアナ諸島が米軍に奪われた。米軍は、まだ戦闘が続いているにも関わらず、サイパン島でB29の出撃基地建設に着手したらしい。本土がB29の脅威にさらされようとしているのだ。

海軍はこの現実を正面から捉え、対抗策を講じなければならない。そうしなければ日本は滅びてしまう」

どのような状況に陥ろうとも、軍人なら日本が滅びるなどと言わない。柴田中佐は、やはり自分の考えにしたがって行動する人物のようだ。

「海軍は、真に強い航空隊を作らなければならない。航空隊を再編成する今こそが、真に強い航空隊を作る好機なのだ」

柴田中佐は軍令部に足を運ぶうちに色々な情報を仕入れたようで思わぬ話をする。

「海軍は次の主戦場をフィリピンと見て、航空隊の再編成を行っている」

ここで柴田中佐がひと息入れた。話すべきか躊躇《ためら》っているようにも見える。

「その一方でフィリピン後を見越し、可能な限り多くの撃墜王を集め、十分な数の新鋭戦闘機を揃えて最強の航空隊を作る動きがある。すべてを一点に集め、最強の航空隊を作って米軍に対抗するというのだ。この考えには俺も賛成する」

柴田中佐の様子から、この計画を進めているのは軍令部の源田中佐と思われる。

海軍は一年半以上にわたって錬成した航空部隊を『あ』号作戦で一挙に失った。

開戦前の日本海軍は、世界最強の航空部隊を誇っていた。源田中佐は現状を打開するため、最強の航空隊を再建する動きを見せているのだ。

柴田中佐は、Ｂ29の脅威から本土を守ることに特化した最強の航空隊を編成すべきと言っている。そして、集めた情報から目をつけたのが震電だった。

宗川は我慢しきれずに聞いた。

「柴田中佐が考えるＢ29の危機を打開する方策とは、どのようなものですか」

柴田は強い危機感を滲ませながら話す。

「俺は何度か空技廠に足を運んだ。そこで鶴野少佐から、ターボジェット戦闘機『震電』の話を聞いた。その瞬間、俺はＢ29を撃退する最強の航空隊を創設できると確信した」

柴田中佐はひと呼吸置いて言った。

「そこで、まずは震電について詳しく知りたい」

小福田少佐が言う。

「震電について一番よく知っているのは宗川大尉です。宗川大尉なら柴田中佐の疑問にすべて答えられるでしょう。宗川大尉、柴田中佐へ震電について詳しく説明しろ」

宗川は震電についてひと通り説明し、最後につけ加えた。

「自分は、岩本飛曹長を教官に一撃離脱戦法の習得に励んでいます」

「撃墜王の岩本飛曹長か。岩本飛曹長なら、震電の特性をよくつかんで一撃離脱戦法を編み出したのだろう。状況はわかった」

柴田中佐は駐機場の紫電改を見ながら話す。

「岩本飛曹長が、あの紫電改でグラマン戦闘機と戦ったら、敵が何機でかかってきても勝てたのだがな。紫電改が一年早く実戦に投入できていれば、ラバウルでもトラックでも日本軍は米軍に負けはしなかった」

そして、自らに言い聞かせるような口調で言った。

「震電航空隊の創設。これは俺の仕事であり、信念でもある」

柴田中佐は宗川を見つめて本心を漏らした。

「宗川大尉、源田中佐は熟練搭乗員を集め、紫電改を装備する航空隊を編成する考えのようだ。俺は震電を装備する強力な航空隊を編成する。

俺は南方の実戦部隊にいた。源田中佐は軍令部にいる。源田中佐は熟練戦闘機搭乗員を集めた、強力な航空隊を編成できる立場にある。

俺は、何がなんでも震電を装備する新しい航空隊を編成してみせる。これに命を懸けるつもりだ。そこで気になる疑問点に答えてほしい。

震電の航空隊を編成しても、熟練戦闘機搭乗員がいなければ長い期間をかけて搭乗員を訓練する必要がある。それでは震電を実戦へ投入する時期が遅くなってしまう。

震電の実戦投入が半年遅れると、致命的な結果を生む。なんとか一日も早く震電を実戦に投入したい。その鍵を握るのが搭乗員の確保だ」

「震電の操縦士は、熟練戦闘機搭乗員より艦爆操縦経験者のほうが相応しいと思います」

宗川の言葉は柴田中佐の想定外だったようだ。

「それはなぜだ」

「震電最大の武器は、ずば抜けた速度性能にあります。これまでの戦闘機のように回転しながらの空戦では、震電の最大の武器である速度性能が活かせません。この速度性能を活かすには、一撃離脱戦法が理にかなった戦法だと信じます。

一撃離脱戦法は、艦爆が海上の艦船に急降下するのと似ています。海上の艦船は爆撃を避けるため、高速で右へ左へと針路を変えます。艦爆の操縦士は急降下しながら艦船の動きに合わせて機体を滑らせます。そして爆弾を命中させます。

　これを考えると、震電の搭乗員は戦闘機搭乗員より、艦爆操縦経験者のほうが馴染みやすいと思います」

「なるほどな。急降下爆撃に長《た》けた艦爆操縦経験者か」

「はい。艦爆操縦経験者なら、標的に合わせて機体を滑らせる飛行技術も、短時間で習得できると思いますが」

　柴田中佐は、速度と航続力を重視する重戦闘機論者として知られている。宗川の考えは柴田の考えと通じあう点があったようだ。

　柴田中佐は決意を滲ませるように言った。

「震電は従来の戦闘機とは比べようもない高い速度性能を持つ。この速度性能を活かすには、搭乗員として艦爆操縦経験者のほうが相応しい。そうであるなら、俺はこれを念頭において上層部へ航空隊創設を動きかける。

　近いうちに震電を装備する航空隊が編成されるだろう。それまでにお前は、震電の高速性能を活かす戦闘機搭乗員育成、震電航空隊運用について十分考えるように」

　柴田中佐は命じるように言うと、横須賀へ戻って行った。いつの間にか震電航空隊の創設は、小福田少佐の手から柴田中佐へと移ったようだ。

　一〇月一日、宗川は岩本飛曹長と震電での訓練を終え、横空木更津分室に向かった。部屋の前まで来ると小福田少佐と柴田中佐の話し声が聞こえた。

　部屋に入ると、初めて顔を合わせる四人の士官が緊張した表情でソファに座っていた。

　宗川は柴田中佐に敬礼した後、小福田少佐に飛行訓練の報告をした。柴田中佐が宗川へ告げた。

「宗川大尉、今日からこの四人が震電の試験飛行に加わる」

寝耳に水であった。小福田少佐は戸惑った表情で事情を話した。

「海軍は震電を装備する練習航空隊の創設を決めた。柴田中佐は、その練習航空隊の司令に就任する」

横須賀航空隊は実用実験航空隊である。震電を装備する練習航空隊なら実用実験の部類に入り、横須賀航空隊の任務となる。

柴田中佐が練習航空隊について話した。

「B29は、今年中にもマリアナの基地を飛び立って本土へ来襲して来るだろう。現在のところ、B29を効果的に迎撃できる我が国の戦闘機は震電のみである。

したがって、練習航空隊は早急に実戦航空隊へ衣替えし、B29迎撃の任務につく」

柴田中佐の話は宗川の考えをはるかに超えている。宗川は疑問を投げた。

「震電航空隊は事実上、実戦航空隊として発足するのですか」

「そうだ。航空機は日進月歩で進歩している。我が国は震電を上回る性能の戦闘機を研究しており、実用化を急いでいる。その戦闘機が完成すれば震電航空隊と合わせ、確実にB29の本土侵入を阻止できる。それまでは震電航空隊のみで、B29の侵入を阻止しなければならない」

宗川は驚いた。

「震電を上回る性能の戦闘機とは、いったいどんな戦闘機ですか」

ロケット戦闘機『秋水《しゅうすい》』は、ドイツからもたらされた断片的な情報をもとに、八月初めから空技廠で研究が始まり、設計・製造は三菱一社指定で開発が進められている。ロケット戦闘機は、当然ながら機密事項である。柴田中佐はそっけなく答えた。

「震電航空隊には関係ない。おいおいわかるだろうが、それより震電の操縦技術を早急に伝授する方法だ。

宗川大尉、すでに操縦技術の伝授方法を考えてあると思う。ここの四人は、震電航空隊が発足したときに隊長を務められる。

わかっているだろうが、一日も早く震電の操縦技術を身につけ、新たに震電航空隊へ配属となった新隊員を訓練する必要がある」

震電航空隊は練習航空隊と言いながら、発足と同時に実戦部隊として訓練に励むことになる。となれば、訓練基地は木更津から別の基地へ引っ越さざるを得ない。

宗川の知っている限り練習航空隊は霞ヶ浦、筑波、矢田部に加え、開戦までに百里ヶ原、東京（羽田）、鈴鹿、岩国が追加されている。

「どこの基地で訓練に入るのか。震電を飛ばすには十分な長さの滑走路が必要だ。木更津飛行場の滑走路は長さが一七〇〇メートルほどだ。せめて木更津飛行場と同等の長さを持つ滑走路があればいいのだが」

宗川が新たな基地について考えていると、柴田中佐の大きな声が聞こえてきた。

柴田中佐が四名を一人ひとり紹介する。

「本江博大尉だ。本江大尉はあ号作戦で、六〇一空の艦爆九機を率いる中隊長として戦った」

本江大尉は海兵七〇期、飛行学生第三八期出身で、飛行学生は宗川と同期である。宗川は機関学校五〇期出身で、海兵六九期に相当する。宗川は本江大尉より先任だ。

本江大尉は、あ号作戦で彗星艦爆の偵察員として搭乗し、第一次攻撃隊の中隊長として出撃した。第一次攻撃隊は天山艦攻二七機、彗星艦爆五三機、零戦四八機の編成であったが、未帰還機天山二四機、彗星四一機、零戦三一機を出した。

第一次攻撃隊で本江大尉と一緒に出撃し、彗星艦爆の中隊長を務めた平原政雄大尉、笹岡芳信中尉、嶋田雅美大尉、田中義亮大尉の四名が戦死している。本江大尉が帰還できたのは、運がよかったとしか言いようがない。

柴田中佐が次の大尉を紹介する。

「村上武大尉である。あ号作戦で村上大尉は、零戦に二五番を搭載して出撃した」

村上大尉も海兵七〇期、飛行学生三八期出身だ。あ号作戦で二五二空の第一次攻撃隊は天山艦攻九機、二五番を搭載した爆戦二五機、零戦一七機が出撃した。村上大尉は爆戦隊の中隊長として出撃している。

二五二空の第一次攻撃隊は、四〇機以上のグラマン戦闘機の迎撃を受けて空戦となった。爆戦は動作が鈍く、空戦に入るとほとんどがグラマン戦闘機の餌食になった。

村上大尉は幸いにもグラマン戦闘機を発見するのが早く、爆弾を捨てて空戦に挑むことができた。村上大尉はグラマン戦闘機を撃墜できなかったが、無傷で帰還できた。

「内藤良雄中尉である。内藤中尉は台南空からの異動である」

内藤中尉は昭和一七年一一月卒業の海兵七一期、飛行学生三九期出身で、今年一月に実用機課程を終了した。

台南空は練習航空隊に位置づけられている。内藤中尉は台南空で教官の任務にあたっていたが、中国奥地から飛来するB24爆撃機の迎撃に明け暮れることが多かったという。

柴田中佐が最後の一人を紹介した。

「杉坂善男中尉である。杉坂中尉は三〇二空からの異動である」

杉坂中尉は海兵七二期出身で、千歳の三〇二空に勤務していた。海兵七二期は予定を四カ月繰り上げて、昭和一八年九月に卒業した。三〇二空が厚木基地へ移ると同時に異動になったようだ。飛行経験はあるが実戦経験はない。

四名のうち、本江大尉と村上大尉の二人が中隊長経験者だ。内藤中尉も指揮官として何度も出撃している。早急に震電航空隊を立ち上げるには大いに助かる。

柴田中佐が今後の見通しについて話した。

「震電練習航空隊は準備ができ次第、百里ヶ原基地へ移って態勢を整える。そして、百里ヶ原基地で本格的な訓練を開始する」

百里ヶ原基地の飛行場には二〇〇〇メートル以上の長い滑走路がある。宗川は胸をなでおろした。

柴田中佐が念を押すように言った。

「宗川大尉、一日も早い震電操縦技術の伝授と百里ヶ原への移動準備を進めるように」

柴田中佐は、あとは宗川大尉に任せると言う。訓練が進めば震電練習航空隊は実戦部隊へ格上げされる。宗川はその時点で、練習航空隊へ異動になると予想した。

「承知しました。それから、柴田中佐にお願いしたいことが一つあります」

「お前が言いたいことはわかっている。B29迎撃時の地上支援部隊だろう。ラバウル時代から言っている、お前の持論だからな」

宗川は確認するように強い口調で話した。

「そうです。地上支援部隊です。たとえ震電の速度がずば抜けていても、少なくとも一時間前にB29の来襲をつかみ、B29の爆撃目標を把握しなければ、迎撃成功の確率は低くなります。

　可能なら、Ｂ29を待ち伏せ態勢で迎撃することが理想です。そのためには地上からＢ29の位置情報を伝える支援が必要になります」

「わかっている。ラバウルでも、いち早く敵機来襲を捉えられたとき、航空隊は迎撃態勢を取って迎え撃ち、大きな戦果をあげた。敵機の動きをいち早く捉えて上空の震電へ伝える。この態勢の構築は始まっている。心配せず、任せておけ」

　宗川は柴田中佐の言葉を信じるしかなかった。

　宗川は百里ヶ原基地へ移る準備を精力的に進め、四日までに準備を整えた。

　五日、宗川たち六人は代理としての小福田少佐から、横須賀鎮守府付の口頭辞令を受けた。

　この辞令で六人は柴田中佐の配下になった。海軍省から正式な発表はなかったが、実質的な震電練習航空隊の誕生と言える。


　小福田少佐がつけ加えた。

「柴田中佐から準備が整い次第、百里ヶ原基地へ移るようにとの伝言である」

「準備は整っています。数日中に百里ヶ原基地へ移ります。これまで色々とありがとうございました」

　宗川は心からの感謝を述べた。

第6章　迎撃態勢

1

一〇月七日の午後、宗川ら六人は木更津から列車を乗り継ぎ、茨城県の百里ヶ原基地へ到着した。

「広いな」

百里ヶ原飛行場は南北にとてつもなく長い全天候型滑走路が走る。宗川は飛行場を見て、思わずつぶやいた。

「これほどの航空機があるとは。零戦だけでも五〇機以上あるようだ」

百里ヶ原基地には各種の練習航空隊や多くの部隊が駐屯している。飛行場の駐機場には何十機もの艦攻、艦爆、零戦が翼を休め、上空では零戦の編隊が飛び交っている。

本江大尉が彼方を指さして言った。

「震電だ。一〇機以上はあるぞ」

陰になっていてわからなかったが、よく見ると零戦の向こう側に特徴のある震電の姿が見えた。数えると一二機あった。

一人の中尉が駆け足で向かって来る。中尉は宗川を認めると敬礼して名乗った。

「宗川大尉でありますか。震電整備担当の松岡正勝中尉であります」

「宗川である。よろしく」

全員が松岡中尉と挨拶を交わした。松岡は予備学生出身だという。

松岡の案内で建物の一室に入った。宗川が部屋を見渡すと、なんと中央の席に柴田中佐が座っていた。

「おお、来たな。ご苦労、待っていたぞ」

柴田中佐は笑顔で一同を迎えた。

ひと通りの話を終えると、柴田中佐が別室から一〇人の搭乗員を呼び入れた。

「一〇月五日付で震電練習航空隊へ配属となった隊員を紹介する」

柴田中佐は、初めに三人の予備学生出身者を紹介した。

「小久保節弥少尉、山下勝久少尉、福田健治少尉である。三人とも予備学生一三期出身なので実戦経験はない」

予備学生一三期出身なら、この七月二〇日に前期飛行専修予備学生として約一〇カ月の教育を終えたばかりのはずだ。飛行時間は一〇〇時間にも満たず、操縦技量はまだまだ訓練が必要な技量D級と見られる。

海軍は予備学生出身の士官を指揮官として戦わざるを得ないほど状況が切羽詰まっているのだ。宗川は三人の予備士官と挨拶を交わしながら思った。

「多くの予備士官は、一人前の搭乗員になる前に最前線の部隊へ配属されてしまう。十分な訓練を受けず、実戦未経験のまま指揮官として歴戦の米軍パイロットと戦えば、どうしても苦戦を強いられる。

では、震電練習航空隊はどうか。いくら震電の性能がずば抜けていても、戦い方を知らないまま出撃してはB29の本土侵入を阻止できない。経験の浅い搭乗員には時間をかけて訓練を施し、一人前の戦士に育て上げる必要がある。さて、どのような訓練方法が効果的か」

宗川はそんな考えにふけっていたが、柴田中佐の声で我に返った。

「次は、今ではダイヤモンドより貴重な歴戦の熟練搭乗員だ」

柴田中佐は一列に並んでいる下士官搭乗員を紹介した。

「耕谷信男飛曹長、和田美豊飛曹長、大浦民平飛曹長、千葉正史飛曹長、池田市次飛曹長、上田峯男飛曹長、それに松葉三美上飛曹である」

柴田中佐の言葉通りだ。七人の下士官搭乗員は、貴重な技量超A級の飛曹長と上飛曹であった。

実戦経験のある搭乗員は、多くがフィリピン戦線で米軍を迎え撃つ部隊へ集中的に配置されているという。そんななかにあって、柴田中佐は貴重な熟練搭乗員七人を内地に呼び戻し、震電練習航空隊に配属させたのだ。

宗川は、改めて柴田中佐の力を認めざるを得なかった。

柴田中佐が自慢げに話す。

「表の震電を見たであろう。この震電は、九州飛行機が製造した初の量産機だ。木更津の震電は実験用として横空へ引き渡した。ここでの訓練は量産機で行う」

新隊員一〇人が加わり、震電練習航空隊員は木更津からの六人を含め一六人となった。これからはこの一六人が中心となって震電航空隊を創る。宗川は今日が新たな第一歩だと思った。

「現時点で震電を乗りこなせるのは、自分と岩本飛曹長の二人だけだ。隊長になるべき本江大尉、村上大尉、内藤中尉は、ターボジェット発動機と震電の特徴を詳細に理解する必要がある。

同時に地上走行訓練から始め、一日も早く震電を乗りこなし、銀河を相手の実戦訓練に入らねばならない」

その日のうちに宗川は、隊員を三班に分けて育成計画を練り上げた。

第一班は本江大尉、村上大尉、内藤中尉で班長は本江大尉である。第二班は技量超A級の下士官搭乗員で班長は耕谷飛曹長。第三班は技量D級の隊員で班長は杉坂中尉とした。

「第三班は技量の向上が必要だ。第二班の搭乗員が教員となり、十分な技量が身についてから震電に取り組む。第二班は教員として第三班の実戦訓練を行うと同時に、震電の教育と操縦訓練を行う。第一班は震電での訓練と並行して指揮官教育を行う」

宗川は八日から第一班と第二班への講義を始めた。

「震電は日本で初めてターボジェット発動機を積んだ戦闘機だ。最大速度は水平飛行で四〇〇ノット以上も出る。そのため震電の操縦は、零戦とはまったく異なると心得よ。

震電の特性を正確に理解したうえで操縦しないと事故に繋がる。震電を正しく理解し、特徴に相応しい空戦技術で戦う必要があるのだ」

宗川は全員に兵術参考資料を配った。

「これから、この兵術参考資料を用いて震電について説明する。兵術参考資料に書いてある内容は、震電に関して理解しなければならない基本的な事項だ。知識として覚えるのではなく、完全に理解することが肝要だと認識せよ。わからないことは、何度でも聞いて理解に努めよ」

受講生にとって宗川の講義は、何年振りかで受ける座学となる。宗川は可能な限りわかりやすい説明を心がけた。

「震電の操縦席は完全な気密室になっている。気密室とは、空気が漏れないように密閉された部屋である。つまり、震電の操縦室は高度一万の上空でも、高度三〇〇〇と同じ環境を保つように作られている。

高度一万で高度三〇〇〇の気圧を保つために操縦室全体を与圧し、空気洩れが必要換気量以下になるよう調圧弁で調整する。気密室は人間の呼吸により一酸化炭素と炭酸ガスが増える。だから、酸素マスクを使って不足する酸素を供給する。

いいか。高度一万で酸素マスクを外すと、頭がぼーっとして判断力がなくなり失神する。邪魔だといって酸素マスクを外すと、操縦員は瞬間的に失神して墜落するのだ。これをしっかり頭に叩き込んでおけ」

教材を用いた講義はわかりやすく、全員が理解できたようだ。それでも宗川は、項目ごとに各自の理解度を確認する問題を出した。問題を解くことによって、知識が確実に身につくからだ。

座学は午前中一杯行われる。午後は零戦による飛行訓練を行う。これは錬度を落とさないため、岩本飛曹長の提案によって実施している。

兵術参考資料を用いた震電に関する座学は一週間ほど続いた。おおむね震電の知識が身についたところで、次はターボジェット発動機や機体構造について、震電の実機を使いながらの教育となる。

宗川は格納庫内の震電に近づき、発動機の覆いを外した。

「震電は完成度の高いターボジェット戦闘機だが、その心臓部となる発動機だ」

宗川はターボジェット発動機の構造を丁寧に説明した。次は機体についてである。

「震電の先進性を示す一例だ。主翼の先端に注目しろ。主翼は後退角のついた先細翼で、前縁にスロットがついた構造になっている。先細翼は翼端から失速に陥りやすい。震電は速度が一六〇ノット以下になると、自動的に前縁のスロットが作動して失速を防ぐ」

次に操縦席を説明した。

「震電の操縦席は前面が防弾ガラス、操縦席の下方と後方は防御鋼板で覆い、搭乗員を敵弾から守っている。燃料槽には炭酸ガスを利用した自動消火装置が装備されている。たとえ敵弾が命中して機体が火を吹いても、消火装置が自動的に働き火を消す。

　撃墜した新型グラマン戦闘機を調べた。それによると、震電の搭乗員はグラマン戦闘機より強力な装備で守られる。震電は零戦のような無防備の機体ではない」

　宗川は、飛行服や付属機器などの機能と必要性について繰り返し説明した。

　宗川は念を押す。

「震電を操縦するからには、これらすべての機能をしっかりと理解し、飛行前に正常に動作するか自分の目で点検しなければならない」

　四日間で震電の機体についての教育を終えた。

　第一班と第二班は、いよいよ実機での地上走行となる。

「本江大尉、操縦席に座ってみろ」

　宗川は本江大尉を震電の操縦席に座らせた。震電の風防は窓枠のないアクリル製一体構造になっている。本江大尉は操縦席に座ると各種計器、操縦桿、スロットル、フットバーなどを動かして操作性を確認する。

「どんな感じだ」

「どっしりした感じを受ける。風防も零戦より視界がいい。計器類も見やすい。操縦桿、フットバーもぴったりくる」

　本江大尉から想像通りの答えが返ってきた。

　一人ひとり順に震電の操縦席に座った。全員が満足した様子を見せた。

　次はネ二〇の始動である。

「発動機の始動だ。まず俺が、地上走行までの手順を実際にやって見せる。よく見ているように」

宗川は震電の操縦席に座り、兵術参考資料にしたがってネ二〇を始動させた。

「では、本江大尉、やってみろ」

本江大尉は自分の手でターボジェット発動機を始動させることに感慨深いようだが、それでも冷静に計器を見渡す余裕が見られた。燃料と潤滑油は正規容量の三割だ。すでに外部電源が接続されている。

「準備完了」

地上員が合図を送ってきた。本江大尉は座学での注意事項を思い起こすよう、声に出して確認しながら操作する。

「スロットルを急激に操作してはいけない。これは何度も注意された」

本江大尉がネ二〇を始動させると、格納庫内にターボジェット独特の音が響き渡った。スロットルを少し開いて発動機回転数を上げる。今度はスロットルをゆっくり絞り、回転数を落とした。

本江大尉は兵術参考資料を見ながら、ネ二〇と各操作装置の働きを注意深く観察している。

「ネ二〇の動きは完璧だ」

本江大尉はネ二〇が順調に動くのを確かめ、合図を送った。

「地上走行、準備完了！」

ここで地上員が車輪止めを外せば、震電はゆっくりと動きだす。今日の訓練は、ここまでとなる。

翌日も地上走行までの手順を反復訓練する。宗川は各自の地上走行までの手順を観察し、震電の操作に十分対応できているかを見極める。

一歩一歩、階段を登るような教育が始まって二週間が過ぎた。第一班と第二班は、震電で三〇分間ほど飛行する訓練に入り、錬度を上げる段階となった。

宗川は第一班と第二班に告げた。

「これで震電に関する説明を終了する。これからは各自が震電を操縦し、自ら技量を高めてほしい」

一一月一〇日の昼頃、三菱鈴鹿製作所から震電八機が空輸されてきた。

「これは、高岡少佐！」

震電を空輸してきたのは、高岡少佐や和田大尉など横空審査部の部員だった。

「久しぶりだな。最新型の震電を持ってきたぞ。震電の二一型だ」

「二一型？」

「そうだ。航空本部は、ネ二〇を搭載した震電を一一型、ネ三三〇を搭載した震電を二一型と命名した。これからは、九州飛行機を含めて生産される震電は二一型になる」

高岡少佐は震電の受領責任者である。三菱や九州飛行機で生産された震電は、横空審査部の手で試験飛行して合否を判定する。高岡少佐は合格機を受領し、百里ヶ原基地へ空輸するまでの責任を負う。

早いもので、百里ヶ原基地に移ってから一カ月以上が過ぎた。この間にレイテ沖海戦が発生し、日本海軍は壊滅的な損害を受けたとの情報も舞い込んできた。

「一刻も早く震電を実戦に投入できるようにしなければ」

宗川は戦地の情報を聞くたびに胸が痛くなった。

震電練習航空隊は第三班の訓練も順調に進んでいる。第三班も零戦での完熟訓練が進み、一部の者は震電への機種転換訓練に入っている。

「一二月には、第三班の全搭乗員が震電への機種転換を終えなければ」

宗川は自分自身に焦るなと言い聞かせるが、気持ちは前へ前へと進んでしまう。

第三班は零戦、震電一一型で訓練している。熟練搭乗員は震電二一型で、運動性能抜群との噂もあるP51ムスタング戦闘機を想定し、対戦闘機戦闘の戦技訓練も行っている。

一一月二八日月曜日の昼時、熟練搭乗員が対P51戦技訓練から戻ってくると、宗川は何度も戦技訓練の反省点を述べた。

「震電の特徴は、なんと言っても優れた速度性能にある。敵機の後ろにつく場合でも捻り込みなどの戦術を捨て、速度性能を活用する戦術に徹するのだ」

宗川と対戦した内藤中尉が納得したように言う。

「だから、宗川大尉は降下で相手を十分引き離し、十分高度を取って上空から襲いかかるのですか」

「そうだ。B29を相手にする場合は、これまでの一撃離脱戦法で間違いないと確信している。

ただし、同じ一撃離脱戦法で戦うにしても、P51を相手にする場合は、B29を攻撃する一撃離脱戦法とは異なる。もっと震電の速度性能を活かす戦技に変えるべきなのだ」

宗川は黒板に図を書いて説明を始めた。

「P51の最高速度は時速七〇〇キロに達する。ただ、その最高速度は四分しか維持できない。P51が後ろについても震電は簡単に振り切れる」

陸軍の四式戦闘機『疾風《はやて》』は、中国戦線で多数のP51を撃墜している。撃墜したP51は徹底的に調査され、その情報は海軍にも伝えられてくる。宗川は入手したP51の情報をもとに震電の戦技について熱く語った。

いつの間にか黒板のまわりに全搭乗員が集まっていた。誰もが宗川の話に聞き入っている。戦技向上に夢中なのだ。

「これなら世界一の戦闘機隊も夢ではない」

宗川は全員を頼もしい目で見た。

2

一二月一日になった。宗川は、Ｂ29の迎撃態勢はまだ手探り状態だと思っている。

「震電の力を十分に発揮するには、Ｂ29の飛来を一刻も早く捉える必要がある。さて、いったいどうすればいいか」

宗川は八方塞がりの厳しい現実を認識した。

午後一時、一人の中佐が部屋に入ってくると大きな声で呼んだ。

「宗川大尉はいるか」

宗川はなにごとかと注目した。

「はい、自分であります」

中佐が自己紹介した。

「奥宮正武中佐である。本日、三二二空副長を命ぜられた」

あ号作戦のとき、奥宮少佐は第二五航空戦隊航空参謀であった。内地帰還後の八月二四日に軍令部付となり、一一月一日に中佐へ昇進している。

奥宮中佐は岩本飛曹長と同じくらい、身長一五二センチの小柄な人物である。その奥宮中佐が身体に似合わない大きな声で命じた。

「士官全員と岩本徹三飛曹長、耕谷信男飛曹長、和田美豊飛曹長を招集してくれ」

「はっ、承知しました」

宗川はただちに招集命令をかけた。二分ほどで集まった。奥宮中佐は全員を見渡し、おもむろに一枚の用紙を掲げた。そして、部屋全体に聞こえるような大きな声で告げた。

「岩本徹三飛曹長、本日をもって特務少尉に任ずる」

「はっ！」

口頭辞令であった。岩本特務少尉は軽く礼をした。

耕谷飛曹長、和田飛曹長への口頭辞令もすませると、奥宮中佐は新しい航空隊の発足を告げた。

「皆、注目して聞け。本日付で海軍第三一二航空隊が発足した。司令部は横須賀に設置された。司令柴田大佐、飛行長山下正雄少佐、自分は副長を仰せつかった」

宗川に面識はないが、これからは山下少佐が上司になるのだ。ところが、奥宮中佐は宗川の認識と異なる航空隊の編成を告げた。

「三一二空は、次世代を担う戦闘機部隊として発足した。三一二空は二つの飛行隊で編成される。一つはロケット戦闘飛行隊、もう一つはターボジェット戦闘飛行隊である。ロケット戦闘飛行隊は飛行隊長に山形頼雄少佐が任命された。

ロケット戦闘機は、ようやく一号機が完成したばかりだ。ロケット戦闘飛行隊は、まもなく百里ヶ原基地へ移ってくる予定である」

奥宮中佐が全員を見渡した。奥宮中佐の話は要領を得ず、全員が何をどう理解すべきかわからないという表情をしている。

「ターボジェット戦闘飛行隊とは、もちろん震電戦闘機隊である。震電戦闘機隊は正式に戦闘第五〇一飛行隊として発足した。

戦闘第五〇一飛行隊はロケット戦闘飛行隊と切り離し、自分が指揮し運用する。微力ながら、自分は全力を尽くして部隊運用にあたる。ただ今より、宗川大尉を戦闘第五〇一飛行隊長に任ずる」

「はっ、承知しました」

これから宗川は、奥宮中佐の命令で働くことになる。

戦闘飛行隊の名称は、第一から第四〇〇までが甲戦または艦戦、第四〇一から第八〇〇までが乙戦、第八〇一から第一〇〇〇までが内戦となっている。乙戦は、敵爆撃機の撃墜を主とする戦闘飛行隊である。

その夜は士官全員が集まって、ささやかな三一二空発足の祝の会が開かれた。

奥宮中佐は軍令部にいただけあって、海軍の動きを詳しく知っていた。奥宮中佐がいくつか秘話を明かした。

「愛媛県の松山でも、源田実大佐を司令とする二代目三四三空が発足した。源田大佐は一本釣りのように熟練搭乗員を指名し、三四三空への配属を決めている。

新型の紫電改戦闘機も、優先的に三四三空へ配備するようにした。おそらく三四三空は海軍最強の戦闘機部隊になるだろう」

源田大佐は軍令部で甲二部員として航空に関する事項を担当し、兼務する乙二部員では航空に関する戦時編成を担当していた。源田大佐は三四三空の部隊編成を意のままに行えたと思われる。

源田大佐は岩本少尉にも目をつけていたようだ。柴田大佐は源田大佐とやりあって、岩本少尉の三四三空配属を阻止したという。

さらに、奥宮中佐が残念そうに話した。

「西沢広義飛曹長がフィリピン戦線で戦死した。源田大佐は非常に残念がっていた」

宗川も奥宮中佐も、酒は数カ月以上口にしていない。茶碗一杯の酒で奥宮中佐は顔を赤くしている。

二杯、三杯と飲んで気が大きくなったのか、奥宮中佐が軍令部の動きについて語りだした。

「三一二空は海軍一の航空隊になり得る航空隊だ。柴田大佐は陸軍と海軍の変化を見据え、三一二空でB29を打ち負かす動きを始めた」

宗川は思わず聞いた。

「どういう意味ですか」

　奥宮中佐はスルメをかじりながら思い出すように言う。

「六月にマリアナ諸島が米軍に占領され、絶対国防圏の構想が崩れた。その影響で東条総理が辞任した。七月の内閣、参謀本部、軍令部の変化は政変と言えるほど大きなものだった。

　この裏には何かがあるはずだ。それを探ると、百武三郎侍従長が陛下のお気持ちを伝えた。本当かどうかはわからないが、陛下は終戦を考えるべきとの考えをお持ちだという。

　政府は陛下のお気持ちを検討した。そして、終戦後も日本民族の生存権を得るため、米軍に一度大勝ちしてから交渉に入るとの意見でまとまったそうだ。

　終戦工作は総理に鈴木大将をあて、陸軍大臣下村大将、海軍大臣野村大将、参謀総長梅津大将、軍令部総長米内大将で進めるのが最適との結論を得たという」

　宗川は、奥宮中佐が何を言いたいのか想像できなかった。奥宮中佐が軍令部出仕になったのは八月二四日のはずだ。奥宮中佐が、軍令部で重要な任務についていたとは聞いていない。

「軍首脳部の交代にどんな意味があるのですか」

　奥宮中佐は遠くを見るように話す。

「一一月一日の午後一時過ぎ、関東上空に一機のB29が現われ、一時間以上飛行して南方へ飛び去った。海軍の電波探信儀はこれを探知できなかった。だが、陸軍の電波探知機はこれを発見し、成増飛行場から飛行第四七戦隊の二式戦闘機『鍾馗《しょうき》』が迎撃に飛び立った。

　陸軍からの連絡を受け、海軍は厚木の三〇二空に出動を命じ、雷電戦闘機が迎撃に飛び立った。ところが、鍾馗も雷電も高度九〇〇〇メートル以上には上昇できず、まったく役に立たなかった。日本軍は陸海軍ともに、B29の行動を傍観するだけだった。

　参謀本部作戦部長の真田少将はこれに強い危機感を抱き、参謀総長の梅津大将に進言した。B29の迎撃は実用直前にある海軍のターボジェット戦闘機隊と連携すべきだと」

　このとき参謀本部は交渉の下地作りとして、奥宮中佐に接触してきたという。

「真田少将の依頼で、私はこの話を軍令部総長へ持って行った。しかし、米内総長は動く気配を見せなかった」

　宗川は奥宮中佐の話を聞くだけであった。

「参謀本部と軍令部の協議は、一一月一八日に軍令部次長に小沢治三郎中将が就任してから一気に進展した。小沢中将は陸軍と海軍が協力し合わなければ米軍に対抗できないと主張し、米内総長に迫ったのだ」

　小沢中将はマリアナ沖海戦で手痛い敗北を喫し、フィリピンのエンガノ岬沖海戦では栗田艦隊の囮《おとり》役として戦い、壊滅的な敗北を被《こうむ》った。小沢中将は身をもって体験したからこそ、陸軍と海軍が協力し合う必要性を訴えたのだと思える。

　奥宮中佐の話は、宗川の想像よりはるかに大きかった。奥宮中佐が話を続ける。

「参謀本部は柴田司令を交えて協議したいと提案してきた。それからだ、柴田司令が頻繁に軍令部へ顔を見せるようになったのは。そして柴田司令は軍令部を巻き込み、陸軍参謀本部と何度も協議を重ねた。

　協議の中で真田少将は、陸軍の飛行戦隊を海軍の指揮下に置いても構わないとまで提案した」

　奥宮中佐の話には驚かされるばかりであった。

「なんですって。陸軍の飛行戦隊と海軍航空隊で空軍を創設するのですか」

「そうではない。あくまでも陸軍は陸軍、海軍は海軍として協力し合うのだ。ただ、軍令部は参謀本部との協議により、三一二空と厚木の三〇二空が実質的に東部軍防空総司令部の指揮下に入ることに合意した」

宗川は仰天した。

「えっ、三一二空は東部軍と連携するのではないのですか」

「表面上は連携だ。だが、実質的には防空総司令部の指令で動く」

「なぜ、そうなったのですか」

「本土に飛来するB29を捉えられるのは、伊豆諸島や関東一円に張りめぐらせた東部軍防空総司令部の監視哨のみだ。しかも防空総司令部はB29の情報を一元管理し、迎撃の指令を出せる設備を有する。

三〇二空も三一二空も、地上から防空総司令部の支援がなければ、B29の迎撃は不可能な状況なのだ。つまり、防空総司令部の指令で動くしか方法がない。実質的には防空総司令部の指揮下に入るのと同じなのだ」

「三一二空は米軍に勝ち続けなければならない。海軍の航空隊は防空総司令部の支援がなければB29を迎撃できない。これらを考えると、海軍は陸軍の提案を受け入れるしか道はないというのですね」

奥宮中佐が断言する。

「陸軍の提案は、決して海軍に不利な条件を押しつけているのではない。心から日本の将来を思っての提案だ」

「それはわかります。自分も陸軍と協力して本土を守りたいと思います」

宗川は奥宮中佐の話を聞いて、B29の本土侵入を阻止する態勢を整えるためには、防空総司令部の指揮下に入るのもやむを得ないと思った。

一二月五日の月曜日になると、第三一二航空隊へ配属となった隊員が少しずつ百里ヶ原基地へ赴任してくるようになった。

新しい隊員は二〇〇名以上にもなる。その多くは、第一三期予備学生後期出身者や第一三期甲種予科練習生出身者である。

甲種予科練は、第一二期の就業期間がそれまでの一年六カ月から一年に、第一三期はさらに六カ月へと短縮された。新人搭乗員の技量は実用機での飛行訓練どころか、まだまだ練習機での訓練が必要な段階だ。

そんななか、宗川は驚くような人と出会った。

「宗川大尉ではないか」

なんと顔を見せたのは、機関学校同期の田浦義正大尉であった。

「田浦、生きていたか。元気そうでなによりだ」

田浦大尉とは、一三一空の整備隊長としてフィリピンに赴任するとの手紙が届いたのを最後に連絡が取れなくなった。宗川の喜びもひとしおである。

三一二空整備科へは追浜航空隊整備科卒業生が一〇人ほど配属されているが、新たに配属された八〇人ほどの新人は整備教育を受けていない。宗川同様、田浦大尉も整備員の育成に奔走する日々が続くと思えた。

もう一人、空技廠の深田定彦技術大尉が顔を見せて挨拶した。

「宗川、俺は三一二空への派遣を命ぜられた。期間は一カ月だ。世話になる」

宗川は深田大尉の言葉を即座に理解した。

「深田大尉、三一二空は派遣を大歓迎する。ネ三三〇は、稼働時間八〇時間ごとに分解整備が必要と定められている。稼働時間が二四〇時間に達すると新しい発動機と交換する必要がある。しかし、追浜の整備科卒業生は一〇人ほどしかいない。

三一二空整備隊長として田浦大尉が赴任してきた。田浦大尉はターボジェット発動機の整備経験がない。整備科に配属された新人は、当然ながら航空機整備の経歴を有する者は一人もいない。深田大尉が、三一二空整備員にターボジェット発動機の整備教育をしてくれるのは本当に助かる」

深田大尉が力強く言った。

「俺の三一二空派遣期間は一カ月だ。その一カ月で整備科の発動機担当者が、ネ二〇とネ三三〇の分解組み立てができるように特訓する。任せてもらいたい」

「助かるよ。なにしろターボジェット発動機は、螺子《ねじ》一本の緩みが大事故に繋がりかねない」

「ターボジェット発動機に比べ、ピストン式発動機のほうがはるかに複雑な構造をしている。整備員を一人前に育てるのは、ターボジェット発動機のほうがやりやすいはずだ」

「よろしく頼む。震電戦闘機の燃料は灯油だ。燃料は十分確保できるから、発動機さえ動いてくれれば稼働率は零戦より高くなる」

空技廠が深田大尉を三一二空へ派遣したのは、間違いなく柴田司令の働きかけによるものだ。柴田司令は、細かいところまで航空隊の運用に気を使っている。宗川は支障なく実働部隊を動かせると、感謝する気持ちが湧いた。

深田大尉はただちに整備員へネ三三〇の分解・組み立ての特訓を始めた。

七日になると、百里ヶ原基地へ奇妙な機体が運ばれてきた。同時に、山形少佐と犬塚大尉が指揮するロケット戦闘機の訓練部隊も、百里ヶ原基地へ移ってきた。

山形少佐と犬塚大尉が挨拶のため部屋に入ってきた。

「山形少佐である。これから百里ヶ原基地でロケット戦闘機『秋水』の搭乗員を育成する訓練を始める。表にある機体は、訓練で使う滑空機『秋草《あきぐさ》』である。秋草は艦攻に牽引されて飛び立ち、上空で切り離されると滑空しながら降りて来る。

これから連日、このような訓練に入る。我々はなにぶんにも新参者である。知らないことばかりだ。よろしくお願いしたい」

山形少佐によると、試験飛行は百里ヶ原基地で行うが、秋水が量産されて部隊配置が始まった後の実戦部隊は、神奈川県の厚木基地でB29迎撃の任務につくという。

奥宮中佐が激励した。

「三一二空は本土にB29を侵入させないために発足した航空隊である。お互いに切磋琢磨し、頑張って任務を遂行しようではないか」

山形少佐は奥宮中佐に向かい一礼して言った。

「よろしくお願いします」

ひと通りの挨拶が終わると、宗川たちは改めて表に止めてある秋草を眺めた。村上大尉がしみじみと口にした。

「震電も変わった形をしているが、秋草は変わった形というより奇妙な形だな」

秋草は零戦の半分より少し長い程度の胴体中央から左右に、零戦と同じ程度の長さの強い後退角がついた主翼が取りつけられている。

宗川たちの様子を見て、犬塚大尉が説明した。

「秋草は木製だが、機体寸法も形状もロケット戦闘機『秋水』とまったく同じ造りになっている。操縦法も同じだと聞いている。

翼幅は約一〇メートル、胴体の長さは約六メートル、上から見ると主翼しかないように見える。

初めて見ると、奇妙という表現がぴったりの形をしている」

宗川は感じたままに言った。

「震電も木製の滑空機で飛行実験を繰り返した。秋水の開発も震電と同じ方法を踏襲している。未来の飛行機は、このような方法で造られるのだろうな」

犬塚大尉が秋水の性能について話した。

「秋水は高度一万メートルまで三分三〇秒で到達できる。その後は、高度一万メートルを時速八〇〇キロで五分以上飛行可能だ。B29は富士山を目標に飛来するそうだ。だから秋水の実戦部隊は厚木基地に配備される」

秋水戦闘機隊の移動と同時に二〇機の零戦が増強された。犬塚大尉は震電の五〇一飛行隊には目もくれず、零戦と秋草で秋水戦闘機隊搭乗員の訓練に入った。犬塚大尉は自らが秋草に乗り込んで滑空訓練を始めた。

「危なげない飛行ぶりだ」

秋草の滑空ぶりを見て、宗川は犬塚大尉の技量の高さを知った。

3

昭和一九年も、まもなく暮れようとしていた。

「宗川大尉、私はこれから外出する。数日は戻ってこれない。そこで、私の代わりに震電を受領してくれ。

三菱は完成した震電二四機の社内試験飛行を行っている。そのうちの八機が試験飛行を終え、今日の昼頃に空輸されてくる」

「わかりました。私のほうで受領します」

宗川は奥宮中佐の話を気にもとめなかった。いつものように岩本少尉に搭乗員の錬度について聞いた。

「岩本少尉どうだ。新人を含め、搭乗員の技量向上は進んでいるか」

三一二空発足に伴って配属された新人搭乗員は、岩本少尉を中心に耕谷少尉、和田少尉、千葉飛曹長、池田飛曹長、大浦飛曹長、上田飛曹長、松葉上飛曹などの熟練搭乗員が教官となって飛行訓練を行っている。

「供給される揮発油は十分ではありません。新人搭乗員は、零戦で十分な飛行訓練が行えていると は言いがたいです。それでも数名の隊員は、零戦から震電へ機種転換できる技量に達している者がいます。

震電の燃料は灯油なので十分な飛行訓練ができます。来年初めになれば、数名の新隊員が震電での訓練を行えるようになると見ています」

厳しい状況のなか、岩本少尉等はよくやってくれている。宗川は安心して奥宮中佐の話を持ち出した。

「奥宮中佐からだ。三菱の鈴鹿製作所で製造された八機の震電二一型が今日にも空輸されてくる。ほかにも一六機が納入前の試験飛行を行っている。試験飛行は今月中に終わる予定だ。来年早々にも残りの一六機が空輸されてくる。訓練機材が増えるぞ」

岩本少尉は喜んで答えた。

「二四機も震電が増強されるのですか。大いに助かります」

三一二空は、これまで九州飛行機で製造された一一型一二機、三菱鈴鹿製作所で製造された二一型八機で飛行訓練を重ねて来た。整備科は震電の整備に力を入れ、稼働率は八割近くを維持している。

宗川は、三一二空のB29迎撃態勢は順調に進んででいると感じた。

昼近くに南の空に八機の震電が現われて百里ヶ原飛行場に着陸した。しばらくすると士官室の扉が開いて当番兵が伝えた。

「宗川大尉、皆さんと格納庫へおいで下さい」

当番兵に言われるまま格納庫に入った。

格納庫の奥に木製の台があり、その上に全体が黄色く塗られた数十発の噴進弾が並べられていた。その前で整備科長の田浦大尉が、空技廠の技術中佐から説明を聞いていた。

田浦大尉は宗川を見ると技術者を紹介した。

「宗川、こちらは空技廠の千葉宗三郎技術中佐だ」

「宗川大尉か」

「はい、そうですが」

宗川は自分の名前を呼ばれて驚いた。

「これは以前、貴様が実用化すべきと要望した空対空の噴進弾だ。ようやく完成した」

空技廠は、宗川が提出した開発要求書を真剣に受け止めてくれたのだ。宗川は噴進弾を見ながら嬉しさがこみあげ、涙が出てくるようだった。

火薬ロケットに関しては、ドイツより日本のほうが進んだ技術を持っている。しかし、日本軍にはどのように火薬ロケットを応用すべきかの発想が乏しく、ドイツ軍やアメリカ軍のように有効な兵器として実用化されていない。

宗川の要望は目的がはっきりしており、容易に実用化できたようだ。

千葉中佐は全員を前に、改めて噴進弾の説明を始めた。

「これは四式空対空八センチ噴進弾『火虹《かこう》』である。直径八センチ、長さ三五センチ、重さ六キロで弾頭に五三〇グラムの炸薬が詰まっている。弾頭は着発遅延信管で、標的に命中の〇・一秒後に爆発する」

千葉中佐は全員を見まわして話す。

「もちろん、火虹は地上攻撃にも使える。このように黄色に塗られているのは訓練弾を示し、弾頭は炸薬の代わりに砂が詰められている。訓練弾は数日中に数百発届ける」

海軍は飛行機攻撃用噴進弾として、三式六番二七号爆弾と三式一番二八号爆弾を実用化している。三式六番二七号爆弾は、黄燐の入った弾子を詰めた三号爆弾をロケット推進式に改造したものである。三式一番二八号爆弾は、さらに戦闘機から発射できるよう小型化したロケット推進式爆弾だ。これらに八センチ噴進弾の『火虹』が加わった。

千葉中佐は駐機場に移動し、着陸したばかりの震電の前に立った。田浦大尉の指示で、整備員が一機の震電の左右主翼下に火虹を装着した。

「このように震電は、火虹を左右の主翼下に六発ずつ装着できる。操縦桿の発射ボタンを押すと火虹の点火装置に電気が流れ、両翼から〇・二秒間隔で二発ずつ、合わせて四発発射される。

火虹の最大飛翔距離は一五〇〇メートル、有効射程距離は八〇〇から九〇〇メートルである」

宗川が疑問点を質問した。

「発射されたあと、火虹はどのような弾道で飛翔するのですか」

「海軍はロケット推進式の爆弾を実用化している。火虹は爆弾ではなく、威力のある機関砲弾の代わりとなるものである。

見ての通り、ロケット推進式爆弾と違って大きさは薬莢を含めた八センチ砲弾程度、重さは砲弾の三割もない。

火虹は発射されるとロケット推進の力で自ら回転し、直進するようになっている。雷電戦闘機の左右主翼に二本ずつ火虹を装着し、発射実験を繰り返した。

発射実験の結果、火虹は三〇ミリ機関砲弾と同じ弾道を描いて飛翔するとわかった」

それを聞いて感嘆の声があがった。千葉中佐の説明は、搭乗員全員を満足させるものだった。

翌日から火虹の訓練弾を使ってB29を攻撃する訓練に入った。

宗川が訓練に飛び立つ前に注意事項を述べる。

「震電は一二発の火虹を搭載して一度に四発発射する。つまり、震電は火虹で確実に三機のB29を葬ることができる。

特別な事情がない限りB29は三機で小隊を作り、三個小隊で中隊を編成して来襲するであろう。これを考えると、震電一個小隊でB29の中隊を葬り去れる計算になる」

爆撃機の編隊構成は、日本軍もアメリカ軍も同じと考えられた。

「B29を攻撃する戦法である。何百機のB29が飛来しようとも、震電一個小隊は常にB29一個中隊に狙いを絞って攻撃を加える。一個中隊を葬り去ったら、次に攻撃しやすい中隊を選び攻撃する。これを繰り返すのだ」

誰にも異存はない。

「横空に銀河九機の訓練参加を要請した。横空の準備が整うまで一週間はかかるだろう。それまでは通常通りの訓練を続ける。

今日の訓練飛行である。B29に見立てた銀河の吹き流しを、これまでの一撃離脱戦法で火虹を発射して弾道を確かめる」

全員が納得した表情を見せた。宗川は説明を続ける。

「火虹を発射できる震電は八機である。まずは自分と岩本少尉、本江大尉と耕谷少尉、村上大尉と和田少尉、内藤中尉と福田少尉が組んで訓練に飛び立つ」

一撃離脱戦法といっても、震電の場合は仮想B29に見立てた吹き流しと平行するように機体を滑らせ、急降下しながら攻撃する。機体を滑らせたとき、火虹がどのような弾道で飛翔するかは不明なので、火虹の弾道を確かめる必要がある。

これまでの一撃離脱戦法で大丈夫か。宗川は、まず熟練搭乗員の攻撃訓練で確認すべきと考えた。

宗川と岩本少尉が並んで百里ヶ原飛行場を飛び立った。太平洋上に出ると、やがて一時の方向、やや下方に双発機の銀河が見えて来た。

銀河はいつものように長さ三〇メートル、直径五メートルの赤と白の布で作られた吹き流しを曳航している。

宗川が岩本少尉に呼びかけた。

「二番機、攻撃せよ！」

「了解！」

岩本少尉機が吹き流しの上空二〇〇〇、右横一五〇メートルの攻撃位置についた。

機首を吹き流しに向け、岩本少尉機が機体を滑らせながら急降下して行く。距離およそ六〇〇、岩本少尉機が火虹を発射した。

宗川はその様子を観察する。

「相変わらず見事だ」

宗川は思わず口にした。黄色の飛翔体は四発とも吹き流しの中央を貫いた。

次は宗川の番だ。岩本少尉機と同じように吹き流しの上空二〇〇〇、右横一五〇メートルの位置につけた。

機首を吹き流しの先頭に向け、機体を滑らせながら急降下する。距離六〇〇、宗川は操縦桿先端の赤いボタンを軽く押した。

左右の主翼から〇・二秒間隔で、全体が黄色に塗られた火虹が飛びだした。火虹の発射は、三〇ミリ機関砲と違ってまったく衝撃がない。

黄色に塗られているため、火虹の飛翔する姿がはっきり見える。火虹は三〇ミリ機関砲の曳光弾と、ほぼ同じ弾道で飛翔した。

二発が吹き流しの中央を貫き、二発が吹き流しの左右を飛び去った。

「二発が命中したら、B29は確実に墜落する。成功だ！」

第二組の本江大尉と耕谷少尉も火虹を吹き流しへ命中させた。第三組と第四組も同様だ。八機は実験飛行を終えて百里ヶ原基地に戻った。

ただちに反省会を開く。宗川が確認した。

「全機が最低でも一発は命中させたな」

「はい！」

全弾命中は岩本少尉だけだ。それでも全員が一発か二発の命中弾を得た。

「火虹なら一発命中すれば、確実にB29を撃墜できる。B29は一二挺の一二・七ミリ機銃を装備しているが、今日の訓練飛行と同じ攻撃方法なら、被弾する確率はきわめて小さいはずだ。震電は火虹でB29を第一撃、第二撃、第三撃と攻撃できる。

これまでの訓練方法に間違いはなかった。火虹を発射できる震電は八機しかない。明日から全搭乗員が火虹で、銀河との共同訓練を行えるように組み合わせを考える」

宗川は震電の攻撃力に満足した。

あと数日で昭和二〇年を迎える。奥宮中佐は外出したままだった。

二八日の夜、宗川は岩本少尉から提出された搭乗員一人ひとりの技量報告書を読み、考え込んでいた。

「宗川大尉、今日はいい話を持ってきたぞ」

奥宮中佐の弾んだ声が聞こえてきた。

「ここ数日、私は柴田司令と一緒に宮城近くにある陸軍東部軍司令部で、東部軍副参謀長の高嶋辰彦大佐とB29迎撃について協議してきた」

B29への対応では、陸海軍は互いの協力関係について中央協定を結んでいる。奥宮中佐は柴田司令と中央協定にしたがって東部軍と協議してきたようだ。

奥宮中佐は海軍より進んだ陸軍の電波警戒網について、少し興奮しながら話し始めた。

「東京は昭和一七年四月に、米軍のドーリットル飛行隊による空襲を受けた。ドーリットル飛行隊の空襲は、本土防空や指揮統制通信の弱点を浮き彫りにし、陸軍は大きなショックを受けた。それが、またとない教訓にもなった。

空襲を受けた翌日、当時の東条首相は東部軍司令官中村幸太郎大将に電波警戒機の緊急配備を命じた。東部軍は四月二八日までの一〇日間で、下田、大島、白浜、勝浦、銚子、磯崎、小名浜の七箇所に、波長三メートルの電波警戒機の配備を完了した。

東部軍はそれからも電波警戒網の整備を続けてきたそうだ。現在、東部軍の電波警戒網は伊豆諸島や沼津の香貫山などにも、最新式電波探知機を設置したという。最新式の電波探知機はB29を三〇〇キロ遠方で捉える性能があるらしい」

陸軍は昭和一四年二月二〇日に、栃木県の金丸飛行場を飛び立った飛行機を電波で捉える実験に成功した。これを機に日本電気、日本無線、東京芝浦電気などの企業の協力のもと、電波探知機の開発に力を入れてきた。

昭和一五年一〇月には、実用試験を兼ねて満州に超短波警戒機甲を配備するほどの技術進歩を見せた。超短波警戒機甲は昭和一七年二月に一応の完成をみている。

奥宮中佐が乏しい知識を使って説明する。

「陸軍の電波探知機開発の主力企業は日本電気と日本無線だ。東部軍司令部で、日本電気の森田正典技師が装置の調整作業を行っていたので話を聞いた。

森田技師によると、三〇〇キロ先の飛行機を探知する電波はメートル波ですむそうだ。だから、電波探知機そのものは昭和一七年に完成したという。最新型の電波探知機はその装置に改良を加え、測定誤差を少なくして精度を大幅に上げたもので、実戦では大きな力を発揮するそうだ。

ただ、これはあくまでも飛行機を探知する装置だという。射撃管制用の電波標定機はセンチ波の電波を作り出す電磁管が必要なので、まだ完成に至っていないと言っていた」

陸軍は海軍と違って、かなり前から電波兵器の有効性を認識していたらしい。陸軍には海軍のような提灯論争がなかった。

大砲や戦車のような正面装備は、陸軍研究所が中心になって開発を進めてきた。正面装備と見られていなかったのか、電波兵器は民主官従で開発を進めて成果をあげてきたようだ。

電波兵器に関する陸軍の姿勢は、野村海軍大臣の『独国兵器進歩の原因』を先取りしている気がした。

奥宮中佐が興奮冷めやらぬように話す。

「電波警戒網が捉えたB29の情報は、有線通信と無線通信によって東部軍防空総司令部に送られ、作戦室の情報地図盤に表示される仕組みになっている。

情報地図盤を見れば、味方戦闘機隊とB29の動きが瞬時に手に取るようにわかるのだ。これは凄かったぞ」

陸軍の通信網整備は、前線における軍司令部、師団司令部、旅団司令部、砲兵団、騎兵団、連隊本部などが連携を取る必要性から長年にわたって機能強化が図られてきた。

通信手段も有線通信、無線通信、視号通信、特殊通信ごとに積極的な技術開発が行われてきた。

第五陸軍技術研究所は、通信網を利用して防空総司令部と電波探知機を有機的に結ぶ研究を進めてきた。陸軍は電波兵器と通信技術を結集し、東部軍防空総司令部作戦室に情報地図盤を完成させたのだ。

宗川は陸軍の底力を見直して確認した。

「陸軍はマリアナ諸島を飛び立ったB29を、伊豆諸島の三〇〇キロ遠方で捉える仕組みを完成させたのですね。しかも捉えたB29は、本土に向かって来る様子を的確に追跡できる」

「そうだ。作戦室の情報地図盤を見れば、B29の動きのみならず、味方戦闘機隊との位置関係もわかるようになっている。だから、東部軍防空総司令部の航空情報班は情報地図盤を見ながら、的確な指令を出せるのだ」

宗川は陸軍との訓練について触れた。

「我々は東部軍の情報地図盤を知りません。東部軍と連携を取り合い、B29の迎撃訓練を行う必要があります」

「もちろんだ。陸軍と海軍では通信手段も少し方式が異なる。今のままでは相互の連絡ができない。これから双方の連携と連絡方法をしっかり決める必要がある。

当然だが、三〇二空は東部軍とB29迎撃態勢を固める必要がある。そこで、私は高嶋大佐と今後の協議方法について話し合ってきた」

奥宮中佐は宗川に震電戦闘機隊の運用を任せ、自身は宮城近くの東部軍司令部へ頻繁に通っていた。その理由がこれだったのだ。

宗川はいかにしてB29を捉えるかで悩んでいた。

奥宮中佐は、陸軍の力でＢ29を捉える態勢を実現したのだ。

「これから受領する震電は、陸軍の技術研究所が開発した無線電話機、飛行中の自機位置を地上へ知らせる装置を積んでいる。この装置があれば東部軍防空総司令部と連携を取りあって、有利な位置でＢ29を迎撃できるようになる」

五〇一飛行隊は、震電戦闘機による空戦技量向上、編隊による組織的な空中戦訓練を続けてきた。その一方で、通信に関する訓練は疎《おろそ》かにしてきた。

「新しい震電二一型によって、防空総司令部の支援を受ける機能が加わる。これで三一二空は、Ｂ29迎撃態勢が整うことになる」

奥宮中佐は、まもなくＢ29迎撃態勢が完成すると笑顔を見せた。

4

昭和二〇年を迎えた。元日の朝に汁粉一膳が配られたが、それを食べる間もなく奥宮中佐が話しかけてきた。

「宗川大尉、新隊員の技量向上は順調のようだな」

「岩本少尉たちがしっかり訓練しています。零戦から震電への機種転換を行った搭乗員も、順調に技量を向上させています」

奥宮中佐が宗川には想定外の話をする。

「軍令部は三一二空と三四三空に大きな期待をかけている。厚木の三〇二空は雷電を装備しているが、稼働機は増えても三〇機程度と見られる。軍令部は、Ｂ29は三一二空に、敵空母艦載機は三四三空に任せると言っている」

宗川は反発するように言った。

「雷電は高度一万を飛行するB29を迎撃できないが、震電は高度一万以上でも十分な性能を発揮できる。だからB29の迎撃は震電に任せる。

ここまでは納得できます。しかし、震電は敵戦闘機の迎撃にも優れた性能を発揮できます。米軍のグラマンやP51を想定した空戦訓練も実施しています」

「それは頼もしい。宗川大尉、もうすぐ三一二空は強力な部隊になるぞ」

宗川は、今度は何かと注目した。

「軍令部は三一二空の強化を打ち出した。三〇二空は雷電を装備しているが、稼働機はたったの二〇機だ。全国を見渡しても岩国の一〇機、大村の六機を合わせても四〇機に満たない。そのうえ雷電では高度一万を飛行するB29を迎撃できない。そこで軍令部は、三〇二空の搭乗員を三一二空へ異動させる決定を下した」

三〇二空の司令は、熱血漢で斜銃を考案した小園安名大佐である。その小園大佐が一部とはいえ、三〇二空の搭乗員を三一二空へ転勤させることに同意した。並大抵の決意では同意に踏み切れないはずだが、小園大佐は決断したのだ。

宗川にとって奥宮中佐の話は驚きだった。

「三〇二空の搭乗員は実戦経験者が多いはずです。搭乗員が三一二空へ異動して来るのは、いつになりますか」

「年が明けたから、まもなく一個中隊に相当する搭乗員が三一二空へ異動してくる」

「異動者は、まず零戦で搭乗員の操縦技量を見極め、搭乗員を震電へ機種転換させる組と零戦でのさらなる技量向上訓練を行うの二組に分けるべきだと思います」

奥宮中佐は同意するように言った。

「そうなるだろうな。異動者については任せる。

ところで、東部軍防空総司令部との総合訓練だ。私は一月中旬に実戦を想定した総合訓練を行うことで合意した。

三〇二空からの異動者についても、早急に総合訓練に参加できるよう考えてほしい。

震電は順調に生産されている。問題は搭乗員の確保だ。異動者を加えた万全の状態でB29迎撃態勢を整えてほしいのだ」

「五〇一飛行隊は、搭乗員の多くが編隊による実戦訓練を行っています。三〇二空からの異動者は、三一二空のこれまでの経験にもとづいた訓練を行います」

「それで構わない。それより総合訓練だ。総合訓練は通信機能を含めた最後の仕上げとなる。気を引き締めてかかれ」

「了解しました。気を引き締めて行います」

宗川は気持ちを込めて答えた。

新年早々だが休みはない。搭乗員は零戦と震電で飛行訓練に飛び立った。

四日の午前、厚木の三〇二空からの異動者一六人が三一二空へ出仕してきた。

伊藤進大尉が代表して奥宮中佐へ挨拶した。

「伊藤大尉です。ただ今、着任しました」

奥宮中佐が全員を集めた。集合すると、奥宮中佐が一人ひとり名前をあげて紹介する。

「これから紹介する隊員は、これまで三〇二空に勤務していた。今後は三一二空で我々と一緒に本土防衛の任につく」

伊藤大尉は三〇二空で分隊長を務めていたという。指揮官経験者は磯崎千利中尉、永日安三中尉、大宮司松郎中尉、吉田健一少尉、岩戸良治少尉である。大宮司中尉は三〇二空で彗星艦爆の操縦員だったという。

奥宮中佐は下士官の紹介に移った。

操縦技量抜群と紹介された中芳光上飛曹、甲飛予科練一三期出身の長谷川昌昭二飛曹、矢部丈夫二飛曹と次々と名前が読み上げられた。搭乗員は艦爆操縦員三名を含め一五名であった。

宗川は一〇代の予科練出身者を見て思った。

「甲飛予科練出身者は就業期間が半年に短縮されている。一三期生の多くは、回天の搭乗員や震洋艇の要員に編成されたと聞く。震電は必死兵器ではない。B29迎撃の秘密兵器だ。誰一人、決して無駄死にはさせない」

奥宮中佐が最後の一人を紹介した。

「弘田義徳中尉は予備学生一三期出身で、担当は通信である」

通信担当と聞いてざわめきが起きた。防空総司令部との連携を考えれば、三一二空にとって必要な人材となる。宗川は異動者に通信の専門家がいることに安心した。

奥宮中佐の紹介が終わった。続いて宗川が今後の予定を話した。

「新しい隊員は、まだまだ訓練が必要な搭乗員、熟練搭乗員とさまざまである。そこで一人ひとりの操縦技量によって、震電へ機種転換する組と零戦で操縦技量を高める組の二組に分ける。

震電への機種転換は震電戦闘機の特徴、ターボジェット発動機の仕組みを学ぶ座学から始める。震電戦闘機はこれまでの戦闘機とは、扱い方も操作方法も大きく異なる。座学は非常に重要だと心得よ」

伊藤大尉をはじめ全員がターボジェット戦闘機の噂を聞き、期待をふくらませて異動してきたようだ。真剣な表情で宗川の話を聞いている。

宗川の話が終わると伊藤大尉が述べた。

「我々は三一二空の一隊員として、一日も早く震電を操縦できるよう真剣に努力する。よろしくお願いする」

その日の午後から、零戦で異動者の技量を見極める飛行訓練が始まった。三〇二空の搭乗員は、甲飛予科練出身の新人を除けば高い操縦技量の持ち主とわかった。

三日間の飛行訓練で、士官全員の六人を含む九人が震電への機種転換が可能と判定された。

八日から九人に対する震電とターボジェット発動機の座学が始まった。

一〇日の昼頃、三菱鈴鹿製作所から震電二一型八機が空輸されてきた。どうやら震電は二度に分けて空輸されてくるようだ。

「これが新しい震電か。これまでの震電とまるで変わらないな」

本江大尉が震電を撫でまわしながら口にした。

宗川は期待を込めて言う。

「これまでにない進んだ通信機が装備してある。一五日には防空総司令部と実戦を想定した総合訓練を行う。総合訓練では、新しい通信機がどれだけありがたいか実感できるだろう」

総合訓練を前に、新しい通信機器の扱い方に馴れる訓練をすませた。

一五日の朝、宗川が搭乗員に訓練内容について話した。

「今日から東部軍防空総司令部との実戦を想定した総合訓練を行う。訓練に参加できる震電は八機のみだ。そこで、二機で小隊を編成して四個小隊で出動する。

第一小隊は私と杉坂中尉、第二小隊本江大尉と小久保少尉、第三小隊村上大尉と山下少尉、第四小隊内藤中尉と福田少尉とする」

実戦になれば、この八人が小隊長と区隊長を務める。宗川は全員を見渡して言う。

「この総合訓練を通し、全員地上からの指令でB

29を迎撃する感覚をつかむのだ。

実戦を想定しているので、いつ出動命令が出るかわからない。したがって出動命令が出るまで、搭乗員はいつでも出動できるように準備を整え、搭乗員待機室で待機しながら出動命令を待つ。出動命令が出たら、どのような状況にあろうとも最優先で飛び上がるのだ」

誰もが、このような迎撃訓練は初めてである。何人かは緊張のあまり唾《つば》を呑み込んだ。

宗川は話を続ける。

「仮想B29がどの方向から飛来するかもわからない。B29の情報は上空に飛び上がった後、地上から知らされてくるだろう。

なお今日の訓練では、第一小隊を鷲一《わしいち》、第二小隊を鷲二、第三小隊を鷲三、第四小隊を鷲四と呼ぶ。標的の仮想B29は鴨《かも》である。

東部軍防空総司令部の航空情報班は、鷲が巣を作る松の木の松と呼ぶ。どうやらこれは訓練の様子を米軍に悟られないため、陸軍が考えた暗号名のようだ」

苦笑が起きた。少し緊張がほぐれたようだ。

宗川は最後に言った。

「総合訓練は、三一二空と東部軍防空総司令部との間で、どのような課題があるか確認するためと心得よ。課題は早急に解決しなければならない。実戦になれば、ここの誰もが指揮官として行動しなければならない。

すべての局面でどのような課題があるか、各自が十分注意しながら訓練に臨んでもらいたい。

今日の総合訓練に参加しない者はいつもの飛行訓練に飛び立ち、腕を磨いておくようにせよ。次の総合訓練では、今回と同じように地上からの支援を受け、B29迎撃の感覚を養うことになる」

宗川たちは搭乗員待機室で雑談を交わしながら

出動命令を待った。午前中はなにごともなく、たくあんと握り飯の昼飯にありつこうとした。

そのときだった。いきなりサイレンが鳴り、搭乗員待機室の拡声器から弘田中尉の怒鳴り声が聞こえてきた。

「敵機、来襲。鷲部隊、ただちに出撃せよ」

宗川が瞬時に発した。

「かかれ！」

宗川は真っ先に飛び出した。表に出ると、すでに整備員の手で震電のターボジェット発動機が始動していた。

宗川は一番機に飛び乗ると滑走路に出た。サイレンが鳴ってから、まだ一分も経っていない。

宗川機は杉坂中尉機と滑走路に並んだ。

宗川が叫んだ。

「行くぞ！」

「よっしゃ」

杉坂中尉が大声で返事をした。

訓練通りの手順で高度三〇〇〇に達した。

第一小隊を先頭に、その右後方に第二小隊、左後方に第三小隊、第一小隊の後方に第四小隊が飛行するダイヤモンド編隊である。

「鷲一、聞こえるか。こちら松、鷲は鹿島灘上空だな」

無線電話の受話器から『松』の言葉が聞こえてきた。どうやら東部軍の監視哨は、こちらの様子を捉えているようだ。

「鷲一、よく聞こえる。鷲を誘導せよ」

宗川は、受話器から聞こえてくる航空情報班の指令通りに動くつもりだ。

次の指令を待つ。

「鴨は鷲の東方海上一二〇キロを西へ向かっている。高度を取って東へ向かえ。五分後に鴨と出会う」

宗川は聞こえてきた内容に驚いた。

「陸軍の航空情報班は、敵機と遭遇する時間までわかるのか。これなら余裕を持って迎撃態勢が取れる」

宗川は飛行針路を命じた。

「こちら、鷲一。鷲各隊、聞こえたな。針路を東方へ向ける」

針路を東へ向け、五分が経過した。

「下方二〇〇〇、爆撃機三機編隊、発見」

受話器から第四小隊長内藤中尉の声が聞こえた。

宗川も陸軍の一〇〇式重爆三機編隊を認めた。

「陸軍の一〇〇式重爆だ」

陸軍は主力爆撃機を新型の三菱製四式重爆『飛龍』に切り替えている。そのため仮想B29に第一線を退いた一〇〇式重爆をあてたようだ。

総合訓練の目的は、震電戦闘機隊を仮想B29へ誘導することにある。したがって、鴨の役割は一〇〇式重爆で十分だ。陸軍の合理性がうかがえる。

宗川は航空情報班へ報告する。

「松、下方に鴨三羽を発見!」

航空情報班から返事がきた。

「松、了解。それが標的だ。訓練はここまで」

「了解、これより基地へ戻る」

「松、了解した」

宗川は、地上からの支援がこれほど有効だとは想像できなかった。

総合訓練は毎日続いた。


二月になった。一〇日の早朝は雪がちらつく、あいにくの天候だった。昼近く、関東地方は快晴になった。

午後一時一〇分、拡声器から東部軍防空総司令部の出撃命令が流れた。

『父島監視哨、一〇〇機以上の北上するB29の大編隊を捉えた。Ｂ29は伊豆諸島沿いに北上中。鷲部隊、ただちにＢ29迎撃に出撃せよ』

拡声器からは三一二空司令柴田大佐の怒鳴り声が続いた。

『五〇一飛行隊、ただちに出撃！』

「Ｂ29の迎撃態勢は万全だ。Ｂ29よ、来るなら来い。全滅させてやる」

宗川は、いつになく戦意を高揚させて怒鳴った。

「かかれ！」

宗川は真っ先に搭乗員待機室を飛び出した。

（次巻に続く）

RYU NOVELS

天空の覇戦

震電戦闘機隊、出撃！

2018年11月22日　初版発行

著　者　和泉《いずみ》祐司《ゆうし》
発行人　佐藤有美
編集人　酒井千幸
発行所　株式会社　経済界
〒107-0052
東京都港区赤坂 1-9-13　三会堂ビル
出版局　出版編集部☎03(6441)3743
出版営業部☎03(6441)3744
振替　00130-8-160266

ISBN978-4-7667-3265-8

印刷・製本／日経印刷株式会社

Printed in Japan

RYU NOVELS

戦艦大和航空隊 1〜3	林 譲治
パシフィック・レクイエム 1〜3	遙 士伸
大東亜大戦記 1〜5	羅門祐人 中岡潤一郎
極東有事 日本占領	中村ケイジ
異史・新生日本軍 1〜3	羅門祐人
修羅の八八艦隊	吉田親司
日本有事「鉄の蜂作戦2020」	中村ケイジ
孤高の日章旗 1〜3	遙 士伸
異邦戦艦、鋼鉄の凱歌 1〜3	林 譲治
東京湾大血戦	吉田親司
日本有事「鎮西2019」作戦発動！	中村ケイジ
南沙諸島紛争勃発！	高貫布士
新生八八機動部隊 1〜3	林 譲治
大和型零号艦の進撃 1 2	吉田親司
鈍色の艨艟 1〜3	遙 士伸
菊水の艦隊 1〜4	羅門祐人
大日本帝国最終決戦 1〜6	高貫布士
日布艦隊健在なり 1〜4	羅門祐人 中岡潤一郎
絶対国防圏攻防戦 1〜3	林 譲治
蒼空の覇者 1〜3	遙 士伸